Promemoria

6

DELLA STESSA SERIE

nella collana «La memoria»

Un Natale in giallo
Capodanno in giallo
Ferragosto in giallo
Regalo di Natale
Carnevale in giallo
Vacanze in giallo
La scuola in giallo
La crisi in giallo
Turisti in giallo
Il calcio in giallo
Viaggiare in giallo
Un anno in giallo
Una giornata in giallo
Cinquanta in blu. Otto racconti gialli

Andrea Camilleri, Gian Mauro Costa,
Alicia Giménez-Bartlett,
Marco Malvaldi, Antonio Manzini,
Francesco Recami

Ferragosto in giallo

Sellerio editore
Palermo

2013 Prima edizione «La memoria»

2021 Prima edizione «Promemoria»

Traduzione di Maria Nicola

Questo volume è stampato su carta Holmen Book Cream prodotta dalla cartiera Holmen Paper AB con l'impiego di fibre cellulosiche provenienti da gestione responsabile delle foreste e da altre fonti controllate.

Ferragosto in giallo / Andrea Camilleri ... [et al.]. - Palermo: Sellerio, 2021.
(Promemoria ; 6)
EAN 978-88-389-4239-6
808.83872 CDD-23 SBN Pal0344355

CIP - *Biblioteca centrale della Regione siciliana «Alberto Bombace»*

Nota dell'editore

Questa casa editrice ha per tradizione sempre cercato un filo diretto con i lettori. Un desiderio alla cui base è la visione, un po' derivante dalla consuetudine al lavoro artigianale e un po' da una precisa vocazione impegnata, che l'editore non è soltanto un produttore di opere dello spirito di altri ma è anche un promotore di libri nati da idee in proprio, un suscitatore di opere il cui messaggio aggiunge qualcosa alla sola scrittura di un autore.

Seguendo questa tradizione, di volta in volta nel corso degli anni, abbiamo pubblicato per esempio i racconti sul lavoro del volume intitolato Articolo 1 *o di* Il sogno e l'approdo *(sull'esperienza dell'emigrare e del diventare rifugiati o clandestini). Non erano semplici raccolte di racconti già esistenti. Le cose avvenivano così: eravamo noi editori (questo il messaggio aggiunto) a chiedere ai nostri scrittori di esprimere la loro immaginazione narrativa sul tema prescelto, con la sicurezza che il risultato totale sarebbe stato un'opera di civile sensibilità.*

Nel Natale di due anni fa, lo stesso meccanismo, di proporre un tema ai nostri scrittori perché lo sviluppassero in liberi racconti, abbiamo voluto applicarlo mirando di più al puro risultato letterario, come un esperimento da offi-

cina letteraria. Il ragionamento era questo: gli scrittori di gialli della scuola (chiamiamola così) Sellerio hanno una sensibilità particolare nel dare ai loro personaggi una precisa sostanza umana, una caratterizzazione ben definita: a cominciare dal celeberrimo commissario Salvo Montalbano, passando per la spiccia e simpatica Petra Delicado con il suo panciuto aiutante Garzón, e per l'elettrotecnico detective di Gian Mauro Costa che sembra di averlo incontrato per strada mezz'ora prima, o quella specie di organismo vivente cui capitano casi criminali che è la Casa di ringhiera di Francesco Recami, o il gruppo maldicenza investigativa del BarLume di Malvaldi, per finire con l'ultimo arrivato della compagine editoriale, il fosco, inquietante Rocco Schiavone, eroe dei gialli di Antonio Manzini. Dato il successo di cui godono, ognuno di loro deve abitare, per lassi di tempo più o meno lunghi, dentro la fantasia del lettore, come persona autonoma, quasi dotata di un preciso Io, quindi capace di interagire in diverse situazioni intercambiabili nuove e inedite, come in una specie di gioco di simulazione. Allora, perché non chiedere ai nostri autori di immettere i loro personaggi in situazioni prevedibili, istituzionali, controllate, in cui la loro reale autonomia di personaggi può essere verificata e magari confrontata con la fantasia preventiva del lettore? Per esempio il giorno di Natale: chi ha letto di questi personaggi e si è loro affezionato conoscerà probabilmente l'esperienza di ben immaginare come sarebbero se immessi in una data, scontata circostanza. Come quando si dice: mi ce li vedo in questa situazione. Ebbene, chiedendo ai nostri scrittori di raccontare una giornata di Natale dei lo-

ro detective, abbiamo voluto verificare se vi era corrispondenza tra il comportamento da loro narrato e il «mi ce lo vedo a Natale... ». *Un modo, insomma, per giocare a illudersi di dare vita propria ai personaggi, che è un po' il sogno proibito che sta a fondo del piacere di ogni amante della fantasia letteraria, quel misto di realismo avventura e immedesimazione con cui chi ama leggere romanzi ama andare in giro con i personaggi nelle loro peripezie romanzesche.*

Nacque in questo modo il volume Un Natale in giallo. *Fu seguito l'anno dopo dal prevedibile* Capodanno in giallo *(volutamente prevedibile: perché essere dotati di vita propria significa anche, per un personaggio come per ciascuno degli umani veri, ripetere disciplinatamente, ripetere tradizioni e feste comandate). Ed eccoci oggi con il terzo di questi esperimenti con i personaggi della narrativa gialla di Sellerio:* Ferragosto in giallo. *E dato il numero cospicuo di racconti che abbiamo accumulato in questo modo è ora possibile tirare le fila degli esperimenti fatti e ripetuti. Un bilancio che offre secondo il nostro parere una conferma ma sicuramente presenta una novità non prevista.*

La conferma. I personaggi in queste avventure in effetti escono rafforzati, più nettamente caratterizzati, più umanizzati in tutto tondo, nelle giornate di routine, alle prese con famiglie riunite o giornate al mare più o meno obbligatorie su spiagge affollate.

La novità è questa. Il racconto giallo, per ragioni facilmente intuibili, non è facile né a prima vista soddisfacente. È un genere, per questi motivi, in cui gli scrittori si ci-

mentano poco e malvolentieri. Avendo dato il tormento ai nostri autori perché vincessero la naturale ritrosia verso il racconto giallo, li abbiamo anche sospinti a produrre idee e invenzioni in un campo letterariamente rarefatto, fornendogli la facilitazione di un terreno già circoscritto e arato dal dovere scrivere su tema. Gli abbiamo offerto l'occasione, per così dire, di poter rischiare qualcosa di difficile. Risultano insomma una ventina di racconti gialli di alta scuola.

2013

Ferragosto in giallo

Andrea Camilleri

Notte di Ferragosto

Uno

Da anni e anni oramà a Vigàta si era pigliata l'usanza che la notti di Ferrausto, quella tra il quattordici e il quinnici, chiossà di mezzo paìsi scasasse per annare a passare la sirata nella pilaja.

Era 'na speci di migrazioni momintania, Vigàta ristava diserta, propietari 'nni addivintavano cani e gatti, i latri di case non si pirdivano l'occasioni e s'arricampavano macari dai paìsi vicini. Evidentementi si erano passati la parola.

La prima ondata di genti, che s'apprisintava appena che il soli accinnava a calare, era formata da 'ntere famiglie comprinnenti tri o quattro ginirazioni, dai catanonni squasi cintinari ai lattanti.

E ogni famiglia si portava appresso, a parti littini e seggie per i cchiù anziani e carrozzine per i cchiù piccilidddri, le immancabili e grannissime lanne di cuddrironi accattate nei meglio fornai di Vigàta, che potivano essiri macari tri o quattro a secunna del nummaro dei componenti o della loro voracità, rotoli di sosizza e il rilativo attrezzo nicissario per arrostirla, attrezzo che variava dal semprici e poviro fornello di ferro a carbonella a ricche e sparluccicanti apparecchiature per il rosbif.

Naturalmenti, ogni famiglia aviva il sò radioni portatili che mannava al volumi massimo. Di nicissità, pirchì altrimenti avrebbiro dovuto ascutari la musica del vicino.

Verso le novi, il sciauro del mari scompariva sommerso da un pisanti odori di sosizza arrostuta. Se un forasteri fusse capitato nei paraggi e avissi respirato quell'aria, sarebbi ristato a digiuno per 'na simanata, tanto si sarebbi sintuto saziato.

L'ondata, dicemo accussì, famigliare accomenzava a sgombrare il campo tanticchia avanti della mezzannotti ma prima spisso spisso si formavano spontanie associazioni di volontari volintirosi che annavano, seguite dal coro chiangente delle matri, alla ricerca di piccilidddri che puntualmente scomparivano e vinivano arritrovati doppo longhe ricerche addrummisciuti a ripa di mari o mezzi cummigliati dalla rina.

Po', passata la mezza, arrivava la secunna ondata. Che era formata tutta di giovani.

Questa non era vucciulera come la prima e i sò attrezzi non erano di cucina. Qualichi coperta, radioni e chitarre.

I picciotti e le picciotte arrivavano a gruppi ma squasi subito si scindevano in coppie che si pirdivano, già strittamenti abbrazzate, nell'accoglienti scurità.

Ccà e ddrà, ogni tanto, s'addrumava e subito s'astutava, come a 'na lucciola solitaria, 'na pila tascabili.

Si trattava di qualichi ritardatario che circava la sò compagna e allura potiva capitari di sintiri qualichi voci alterata, un principio d'azzuffatina, pirchì macari c'era stato qualichi sgradevoli (o gradevoli, va a sapiri) scangio di pirsona.

Quanno spuntava il primo soli, supra alla 'ntera pilaja non c'era cchiù nisciuno.

Ristava la lordura, buttiglie vacanti, scatole, sacchetti, preservativi, siringhe, pezzi di sosizza e di cuddrironi che vinivani avidamenti mangiati dai cani randagi.

I munnizzari avrebbiro dovuto travagliare 'na jornata 'ntera per fari pulizia.

Montalbano, l'anno passato, caputa l'antifona, aviva agguantato la machina e sinni era ghiuto a mangiari a Fiacca pigliannosilla commoda. E ancora cchiù commoda se l'era pigliata al ritorno, in modo d'attrovarisi a Marinella quann'era subentrata la secunna ondata che almeno gli consintiva di dormiri.

Ma quell'anno c'era Livia, la quali si era 'ntistata a non volirisi perdiri lo spittacolo.

Lui, ammucciuni dalla sò zita, aviva allura tilefonato ad Adelina prigannola di addiviniri a un armistizio fistivo priparannogli qualichi cosa di mangiare.

E Adelina, alle novi, con un sò figlio, gli aviva mannato 'na lanna di cuddrironi e un rotolo di sosizza già arrostuta che abbastava quadiare al forno.

Mangiaro e vippiro nella verandina con un sottofunno musicali non propiamenti armonioso, che viniva dalla pilaja indove che primiggiavano Al Bano e Romina che l'anno avanti avivano vinciuto a Sanremo con 'na canzuna che s'acchiamava *Felicità*.

E ci ristaro macari doppo che la prima ondata lassò campo libbiro alla secunna.

Era 'na notti di scuro fitto, di nìvuro uniformi, si sintivano sulo parlottii, risateddri, sospiri. La musica era fatta da qualichi chitarra. 'Na voci di picciotta ogni tanto acchiamava a un tali Armando che non arrispunniva.

Po' vicino alla verandina, tanticchia a mano manca, qualichiduno accomenzò a sonari 'n'armonica a vucca. Motivi lenti, malincuniosi. Era bravissimo. A Montalbano arricordò un sonatori famoso di jazz, come s'acchiamava? Tiliman? Telemans?

Tutto 'nzemmula, Livia, che s'era scolata 'na bella quantità di vino senza addunarisinni, appujò la testa supra alla spalla di Montalbano e s'addrummiscì. Il commissario la pigliò 'n potiri e l'annò a stinnicchiare supra al letto.

Erano le tri del matino.

S'arrisbigliò all'otto. Livia era sprufunnata nel sonno. Si susì, annò a rapriri la porta-finestra, niscì nella verandina. La calura era già forti.

La pilaja era un mari di munnizza, che già mannava un feto di putridumi. A manca della verandina, a mità strata verso la ripa, era ristato sulo un essiri viventi. Un tali, o 'na tali, che dormiva completamenti arrotuliato dintra alla coperta. Se non s'arrisbigliava a tempo, sarebbi stato cotto dal soli.

Annò 'n bagno e quanno niscì s'addunò che Livia non era cchiù nel letto.

L'attrovò nella verandina.

«Ora vado io in bagno e poi ci andiamo a fare una bella nuotata. Che ne dici?».

«D'accordo».

Annò 'n cucina e priparò 'na grossa cicaronata di cafè. Livia avrebbi fatto colazioni doppo la natata.

Mezz'ora appresso s'arritrovaro nella verandina.

«Che strano!» fici Livia.

«Cosa?».

«Non hai notato che c'è qualcuno che continua a dormire avvolto in una coperta?».

«Andiamo giù» dissi Montalbano. «Passando, lo svegliamo».

Scinnero nella pilaja, ficiro lo slalom tra tutte le fitinzie che cummigliavano la rina e po' Livia dissi:

«Mi sembra un uomo».

Montalbano taliò meglio e si fici pirsuaso che aviva raggiuni. La coperta era accussì strittamenti avvolgiuta da disignari le linii di un corpo 'ndubbiamenti mascolino.

«Lo sveglio io» fici il commissario.

S'avvicinò, s'acculò, allungò un vrazzo, con la mano scotì leggermenti il corpo.

«Sveglia! È tardi!».

Non ci fu nisciuna reazioni. Forsi era il sonno pisanti del dopposbornia. Scotì il corpo ancora cchiù forti.

«Sveglia!».

Nenti, ancora nisciun movimento.

Di colpo, Montalbano accapì. Si susì, affirrò a Livia per un vrazzo, la fici spostari di qualichi passo.

«Vai a casa!».

Livia era confusa e 'mparpagliata, macari a lei quell'immobilità non la pirsuadiva.

«Ma...».

«Non discutere, ti prego».

Aspittò che Livia fusse trasuta 'n casa, po' s'agginocchiò allato al corpo e ossirvò la coperta che l'avvolgiva. Nella parti di supra, quella cchiù vicina alla testa, si era formato come un tunnel di stoffa dintra al quali 'na mano potiva passari. Ce l'infilò quatelosamenti, 'ncontrò prima i capilli di un omo, po' arrivò alla fronti.

A malgrado della grannissima calura era fridda del friddo della morti.

Corrì 'n casa.

«È morto, vero?» gli spiò Livia.

«Sì».

S'attaccò al tilefono e chiamò a Mimì Augello.

Fazio aviva portato a sò patre e a sò matre a passari tri jorni a Messina da uno zio al quali erano affezionati. Macari Mimì doviva non essirici. Aviva confidato a Montalbano d'aviri accanosciuto a 'na picciotta francisi con la quali aviva progettato 'na gita a Taormina dal quattordici al sidici, senonché la sira del tridici la picciotta aviva lassato l'albergo e sinni era ghiuta per i fatti sò. Ora Augello, 'nveci di un Ferrausto solitario, ne avrebbi avuto uno chiuttosto affollato. Montalbano gli contò la scoperta e aggiungì:

«Mimì, avverti il Comune che mannino delle guardie per tiniri luntana la genti, tra picca ccà sarà chino di bagnanti».

«E po' che devo fari?».

«Avverti macari il pm, il dottor Pasquano e la Scientifica».

«E se è morto di morti naturali?».

«Mimì, non fari dimanne cretine. Lo constateranno scientificamenti che è morto di morti naturali. Doppo, veni subito ccà».

Tornò a taliare dalla verandina. Già erano arrivati 'na decina di bagnanti. Pigliò 'na decisioni.

«Tu resta qua» dissi a Livia. «Io mi ci vado a mettere accanto. Così passeranno alla larga».

Mimì Augello arrivò 'na mezzorata doppo. Affannato e già stanco, s'assittò supra alla rina.

«Scusami il ritardo, ma non è stato facili attrovare alle pirsone».

Era vistuto di tutto punto, sia pure senza cravatta, ed era completamenti assammarato di sudori.

«Trasi 'n casa, fatti dari da Livia un costumi mè e torna ccà».

Ad Augello non parse vero. Quanno tornò, Montalbano gli fici:

«Resta tu di guardia. Io mi vado a ghittari a mari che mi staio arrostenno. Po' ti do il cambio».

Non cinni fu di bisogno pirchì cinco minuti appresso arrivaro quattro guardii municipali.

La Scientifica s'arricampò per prima. Subito spararo 'na gran quantità di fotografii. Macari della munnizza che c'era nelle vicinanze del catafero, po' accomenzaro a srotoliare la coperta adascio adascio.

Accussì lentamenti comparse il corpo di quello che doviva essiri stato un beddro picciotto trentino che 'ndossava 'na canottiera bianca, pantaloncini bermuda e un paro di sannali.

La cammisa del picciotto era sutta alla sò schina. Allato al scianco sinistro, stavano un laccio emostatico e 'na siringa. La facci non aviva spressioni, l'occhi chiusi, pariva che dormiva.

Non aviva portafogli, nenti. Forsi era stato derubato da qualichi sciacallo quanno era ancora 'n agonia.

Il dottori Pasquano s'arricampò quanno la Scientifica aviva finuto di fari il sò travaglio. Era d'umori nìvuro.

«Macari a Ferrausto ti venno a scassare i cabasisi!».

«Aieri a sira perse a poker?» gli spiò Montalbano.

«E a lei che gliene fotte?».

Comunqui, doppo aviri esaminato a longo il catafero, dissi che il picciotto era morto probabilmenti per overdose verso le dù di notti.

Il pm Tommaseo si fici vivo che era squasi l'una.

«È un uomo o una donna?» spiò prima di vidiri il catafero.

Aviva un deboli, tutto tiorico, per le fìmmine. Soprattutto se erano giovani e beddre.

«Uomo. Mi dispiace deluderla» fici sgarbato Pasquano.

Finalmenti, all'una e mezza, il catafero vinni portato all'obitorio di Montelusa.

«Passa a trovarimi alla scurata» dissi Montalbano a Mimì salutannolo.

E sinni trasì 'n casa.

«C'è ancora un po' di quella pizza di Adelina...» fici Livia.

«Non chiamarla pizza. Si chiama cuddrironi».

«Ma io non lo so pronunziare!».

«No, ti ringrazio, non ho appetito. Tu hai mangiato?».

«Neanch'io ho appetito».

Si taliaro, s'accapero.

L'unica era d'annarisi a corcari.

E accussì ficiro.

Due

Mimì tuppiò alla porta di Marinella che il soli era appena calato e un liggero vinticeddro non sulo rinfrescava l'aria ma si portava luntano verso il mari tutto il feto 'nsopportabbili della munnizza già mezza putrefatta dal soli. Se non ci fusse stato quel vinticeddro benefico sarebbi stato 'mpossibbili starisinni assittati nella verandina, a meno di non essiri muniti di maschiri antigas.

«Sono passato dal commissariato per sapiri se c'erano novità» dissi Augello. «Sino a questo momento non c'è stata nessuna denunzia di scomparsa».

«È ancora troppo presto» fici il commissario. «E speriamo che arriva presto, 'sta dinunzia. Pirchì masannò l'identificazione sarà 'na facenna longa».

«Comunqui, non saremo assillati per trovare il colpevole, dato che non si tratta di un omicidio» fici Augello.

«Sapete una cosa?» 'ntirvinni Livia. «A me questa morte m'ha sconvolta assai più di un omicidio».

«Perché?».

«Una morte così solitaria, e squallida... Con tante persone che attorno a lui si divertivano... non so, m'ha rattristato profondamente. Perché ha voluto uccidersi?».

«A sentire Pasquano, il suicidio non c'entra. È stato un errore, un'overdose» dissi Mimì.

«Chi si droga così, a parere mio, esercita una sorta di suicidio continuato» fici Livia.

Po' cangiaro discurso.

E Montalbano, in uno slancio di generosità, di cui non seppi spiegarisi la scascione, 'nvitò Augello a ristare a mangiare con loro l'abbunnanti resti del cuddrironi e della sosizza.

All'indomani a matino, 'n ufficio, il commissario vinni chiamato al tilefono dal capo della Scientifica.

«Montalbà, non quatra».

«Che cosa?».

«La facenna del morto nella coperta».

«Che c'è che non quatra?».

«L'overdose».

«Pirchì non quatra?».

«Me lo spieghi come fa uno a farisi 'na gnizioni e a non lassari nisciuna 'mpronta digitali supra alla siringa?».

Montalbano allucchì. La notizia non sulo non se l'aspittava, ma cangiava completamenti il quatro della situazioni.

«Non cinn'erano?».

«Cinni erano, ma nisciuna identificabili. La siringa è stata puliziata maldestramenti doppo la gnizioni».

«Che significa maldestramenti?».

«È stata 'na puliziata superficiali per cui sono ristate tracce d'impronte che però non sono bastevoli per una comparazione».

A Montalbano nascì un dubbio.

«Un momento. Non è possibbili che si tratti di 'na cancellazioni 'nvolontaria?».

«Non ho capito».

«Non è possibbili che sia l'omo quanno si è arrotoliato nella coperta sia voi quanno l'avete srotolato avete provocato la parziali cancillazioni delle 'mpronte?».

La risposta arrivò doppo qualichi secunno.

«Non l'escluderei».

Subito appresso, chiamò ad Augello e l'informò della tilefonata. Concludero che la meglio era d'aspittari i risultati dell'autopsia.

«Sì, ma Pasquano quanno s'addicidirà a farla?» spiò Augello.

«Bisognerebbi addimannarglielo. Ma capace che mi manna a fari...».

«E tu armati di coraggio e provaci».

Montalbano fici il nummaro. Gli arrispunnì il cintralinista dell'Istituto.

«Mi dispiace, commissario, ma il dottor Pasquano sta lavorando e m'ha detto che non vuole essere disturbato».

«Ne avrà per molto?».

«Credo per tutta la mattinata».

Non c'era che da mittirisi il cori 'n paci e aspittari con santa pacienza il commodo di Pasquano.

Il commissario passò tanticchia di tempo a firmari carti burocratiche delle quali, per quanta bona volontà e 'mpigno ci mittiva, ci accapiva picca e nenti, po' il tilefono sonò.

«Dottori, ci sarebbi che c'è in loco 'na signurina fìmmina la quali voli un acconsiglio».

«Un acconsiglio?».

«Sissi, un acconsiglio supra a sò frati che stanotti non erasi rincasato nella casa di lui stisso midesimo».

Una scomparsa?

La cosa potiva essiri 'ntirissanti assà. Taliò il ralogio, erano squasi le unnici. Tempo ne avivano a tinchitè.

«Falla viniri 'nni mia e dici al dottor Augello di viniri macari lui».

Trasì 'na brunetta graziusa, dai granni occhi espressivi, 'na trentina chiuttosto prioccupata e chiaramenti a disagio in un ambienti a lei novo quali un commissariato.

«Mi chiamo Anna D'Antonio» dissi con un filo di voci.

Montalbano si prisintò, le prisintò Augello, la fici assittare davanti alla scrivania. Accapiva pirfettamenti lo stato d'animo della picciotta epperciò le parlò paternamenti, a malgrado che le fusse squasi coetaneo.

«Ci dica tutto con calma, si prenda tutto il tempo che vuole, noi siamo qui a sua completa disposizione».

«Grazie» fici la picciotta. «Non so da dove cominciare. Il fatto è che sono molto preoccupata».

«Ce ne dica il perché».

«Vedete, mio fratello Mario, più grande di me di tre anni, e io abitiamo assieme da dieci anni, da quando sono morti i nostri genitori. Non siamo sposati, né io né lui».

«Suo fratello lavora?».

«Ora è il responsabile amministrativo della Vigàta Export Import».

«E lei lavora?».

«Io insegno italiano al liceo di Montelusa».

«Vada avanti».

«A Mario, che ha un carattere completamente diverso dal mio, capita di passare qualche notte fuori casa, ma si premura d'avvertirmi sempre per non farmi stare in pensiero».

«E stanotte è rimasto fuori senza...».

La picciotta ebbi un momento di difficortà.

«No. Non stanotte. Ecco, vedete, l'altro ieri sera, il quattordici, uscendo da casa, mi ha detto che avrebbe passato la notte sulla spiaggia con alcuni amici. Senonché la mattina del quindici non è rincasato. L'ho atteso per tutta la giornata, poi stanotte non ho potuto chiudere occhio... nemmeno una telefonata, niente».

«Le ha fatto per caso i nomi di questi amici coi quali aveva deciso di andare?».

«No.

«Ma lei gli amici di suo fratello certamente li conosce».

«Alcuni sì. Infatti ho telefonato a Carla per...».

«Scusi, chi è Carla?».

«Carla Ramirez. È la ragazza di mio fratello».

«La sua fidanzata?».

«Non so... si frequentano, stanno spesso insieme...».

«Che le ha detto?».

«Mi ha detto che tra lei è Mario non correva un buon momento e perciò non è voluta andare con lui... Insomma, mi ha detto chiaramente che non sapeva niente di Mario».

Montalbano si fici pirsuaso che ora doviva arrivari al dunqui. Per un attimo, videnno l'occhi scantati della picciotta, gli vinni a fagliare il coraggio. Si fici forza.

«Ha con sé una foto di suo fratello?».

«Certamente».

La cavò fora dalla vurza e la pruì al commissario.

Il quali la taliò e la passò ad Augello.

Non c'era dubbio possibbili: quella era la foto del picciotto attrovato morto supra alla pilaja.

«Suo fratello faceva...».

Si corriggì 'mmidiato.

«Suo fratello fa uso di stupefacenti?».

La picciotta lo taliò sbalorduta.

«Mario? Ma che dice?!».

«Non può darsi che ne facesse uso a sua insaputa?».

«Lo escludo nel modo più assoluto. Ma perché insiste tanto su questa storia degli stupefacenti?».

Montalbano pigliò sciato, taliò ad Augello che schivò pronto la taliata, e po' dissi:

«Perché è stato trovato sulla spiaggia il cadavere di un giovane morto per overdose. Assomiglia moltissimo a suo fratello».

La picciotta addivintò bianca bianca.

«Se è morto per overdose non può essere Mario».

La voci era debolissima ma ferma.

«Se la sente di andare a Montelusa all'Istituto di medicina legale e vedere il cadavere? L'accompagnerà il mio vice».

«Me la sento».

«Vedi se la cosa è fattibile» dissi Montalbano ad Augello.

Il quali si susì e niscì dalla càmmara. La picciotta aviva accomenzato a trimari tutta.

A un certo momento si susì, affirrò con le sò le mano di Montalbano e, taliannolo occhi nell'occhi, sussurrò:

«È lui? È lui?».

«Sì, è lui» dissi il commissario.

La picciotta ricadì supra alla seggia chiangenno e murmurianno:

«Non è possibile! Non è possibile!».

Tornò Augello.

«Hanno detto di sì. Possiamo andare».

La picciotta non si potiva cataminare. Amorevolmenti, Augello la fici susiri, la pigliò suttavrazzo, niscì con lei.

Montalbano, accapenno che Augello non sarebbi tornato presto, annò a pigliare a Livia e se la portò a mangiare nella trattoria San Calogero. Strata facenno, le contò della visita di Anna D'Antonio e del fatto che oramà era certo che il morto era il frati della picciotta.

«Se faceva uso di stupefacenti, l'avrà forse potuto tenere nascosto alla sorella ma non certo alla sua amica» fu l'osservazioni di Livia. «Se tu ti drogassi, me ne accorgerei».

«E allora che faresti?».

«Cercherei di farti smettere».

«Questo vuol dire che non mi ami».

«Ma che dici?!».

«La verità. Se tu m'amassi ciecamente, ti drogheresti anche tu».

«Ma io non ti amo ciecamente!».

«Lo vedi?!».

«Che devo vedere? Io ti amo con tutta me stessa, ciò non toglie che io m'accorga lucidamente dei tuoi difetti che per fortuna sono di gran lunga inferiori ai tuoi pregi».

«Allora sono un uomo pieno di difetti?».

«Senti, Salvo, non ho mai detto questo e non ho nessunissima voglia di litigare».

Per fortuna, erano arrivati davanti alla trattoria.

Mimì Augello s'arricampò alle quattro del doppopranzo.

«Come mai ci avete messo tanto tempo?».

«Ma no! Anna ha identificato il fratello ed è svenuta. Io l'ho riaccompagnata a casa e non ho voluto lasciarla sola. Mi faceva pena, poveretta. Le ho tenuto compagnia, l'ho convinta a mangiare qualcosa... e così ho fatto tardi».

Montalbano non fici commenti. La carità di Mimì verso 'na fìmmina bisognevoli era sempri tanticchia pilosa.

«Pasquano quando si degnerà di fari l'autopsia?».

«Spero domani mattina. Ti volevo rifiriri 'na cosa che mi ha ditto Anna».

«Sarebbi?».

«Che sò frati nell'urtima simana non era del solito umori allegro. Era addivintato mutanghero, nirbùso e sgarbato. Prima non era mai stato accussì».

«Sinni detti 'na spiegazioni?».

«No. Ma quanno seppi che si era sciarriato con la sò amica, pinsò che la causa potiva essiri stata questa».

Tre

L'amica di Mario addivintava sempri cchiù 'ntirissanti.

«T'arricordi come fa di cognomi 'sta Carla e indove abita?».

«Sì, l'ho spiato ad Anna».

«Facemo accussì. Fino a 'sto momento non sapemo se si tratta di 'na morti dovuta a overdose o a omicidio. Aspittamo quello che dici Pasquano. Se macari lui avi dubbi, 'nterroghiamo subito a 'sta Carla».

La matina appresso Fazio tornò 'n servizio. E il commissario gli contò dittagliata la storia del morto supra la pilaja.

«Indove travagliava?».

«Sò soro 'nni dissi che era responsabili della contabilità della Vigàta Export Import».

Fazio fici 'na facci dubitosa.

«Non l'aio mai 'ntisa nominari».

«Manco io».

«Forsi è beni che m'informo».

«Se non hai di meglio da fari...».

Fazio niscì di prescia dalla càmmara. Tri jorni di riposo per lui erano assà, ora si doviva rifari.

Visto e considerato che non arriciviva tilefonate da Pasquano, Montalbano s'arrisolvì a chiamarlo lui.

E volli usari i guanti gialli.

«Mi perdoni se la disturbo, dottore, ma avrei veramente urgenza di sapere...».

«Matre santa! Che si studiò, il galateo, stanotti? Quanno lei addiventa gentili, io m'apprioccupo assà. Volete tornari a parlari come pirsone normali? Che minchia vuole?».

«Sapiri se finalmenti si è addiciso di fari l'autopsia che lei sa, 'nveci di fissiarisilla al circolo pirdenno a poker».

«L'ho fatta, l'ho fatta».

«Mi può dire qualcosa?».

«Sei».

«Sei cosa?».

«Venga con sei cannoli».

Si misi 'n machina, accattò i sei cannoli, proseguì per Montelusa, arrivò all'Istituto, parcheggiò, scinnì.

«Il dottore l'aspetta» fici l'usceri.

Annò nell'ufficio di Pasquano, che era assittato alla scrivania e stava scrivenno, gli posò davanti la guantera coi sei cannoli. Pasquano ne agguantò subito uno.

«Vorrei sapere se...».

«Mi lasci finiri 'n paci il cannolo».

Dovitti aspittari bono bono.

«Ora domandi pure».

«La Scientifica ha dei dubbii perché...».
«Li saccio i dubbi della Scientifica».
«E che mi dice 'n proposito?».
«Che hanno ragione».
«In che senso?».
«Nel pinsare che l'impronte supra alla siringa sunno state malamenti cancillate».
«Si può spiegare meglio?».
«Con l'aiuto di 'n autro cannolo, sì. Dunqui. È sicuro che il picciotto è morto per un'overdose, sulo che a me non risulta che era uno che faciva uso di stupefacenti. Quella, al novantanovi per cento, è stata la prima e, sfortunatamenti, l'urtima gnizioni».
«Senta, dottore, ma per farigli 'sta gnizioni l'avranno dovuto di nicissità immobilizzari, no? E come mai un picciotto sano e robusto come a quello non si è difinnuto, non ha chiamato aiuto?».
«Non potiva».
«E pirchì?».
«Pirchì gli avivano fatto viviri un sonnifiro potentissimo, a effetto squasi 'mmidiato. Ne ho attrovato abbunnanti tracce. Macari, prima, gli avranno offerto amichevolmenti un bicchieri di vino, il povirazzo se l'è vivuto...».
«A proposito, aviva mangiato?».
«Sì, 'na certa quantità di cuddrironi che non ha fatto a tempo a digerire».
«A che ora risale la morti?».
«Con 'sto càvudo che c'è è difficili stabilirlo se non con granni approssimazioni... Dicemo tra l'una e le dù della notti tra il quattordici e il quinnici».

«Quindi non ha dubbi che si tratta di un omicidio? Il suo referto parlerà di delitto?».

«È stato un omicidio, senza nisciun dubbio. Come non c'è dubbio che 'sti cannoli sunno 'na vera magnificenza».

Quanno tornò 'n ufficio nel primo doppopranzo, Montalbano rapportò ad Augello e a Fazio i risultati dell'autopsia.

«Siccome che quanno l'ho visto io» concludì «allato a lui non c'era traccia che era stato 'n compagnia a mangiari e a viviri, questo significa che chi l'ha ammazzato s'è portato la buttiglia di vino, la lanna di cuddrironi e tutto quanto».

«Perciò dovemo assolutamenti scopriri con chi annò nella pilaja» dissi Augello.

«E l'unica che può dircelo è la sò cara amica Carla, dato che sò soro Anna ci ha già dichiarato fin dal principio che non accanosciva all'amici che Mario frequentava».

«Chi ci va a parlari?» spiò Augello.

«Ci vaio io» arrispunnì Montalbano.

«Volevo diri 'na cosa a proposito della società nella quali travagliava il picciotto» dissi Fazio.

«Che hai saputo?».

«'Ntanto, che è registrata alla Camera di Commercio da appena quattro misi ma è in piena attività. Esporta prodotti locali e 'mporta robba da tri paìsi del Sud America».

«Prodotti locali? Stai babbianno?» fici Augello.

«Accussì hanno addichiarato».

«Mimì, capace che hanno 'ntinzioni d'esportari cuddrironi e sosizza» dissi Montalbano «E dato che sei 'n cunfidenza con Anna, 'nformati indove travagliava prima sò frati e se si può sforzari ad arricordarisi il nomi di qualichi amico, macari consultanno l'agendina di lui o qualichi cosa di simili. Mi pari che Carla di cognomi fa Ramirez, vero?».

Avutane confirma da Mimì, ne circò il nummaro nell'elenco tilefonico, l'attrovò, lo fici mittenno il vivavoci.

«Pronto? La signorina Carla Ramirez? Buongiorno. Il commissario Montalbano sono».

Carla ristò un momento 'mparpagliata, lassò passare tanticchia di tempo prima di spiare:

«Un commissario? E che vuole da me?».

«Ho bisogno di parlarle con urgenza».

«Ma perché? Che è successo?».

Montalbano non arrispunnì alla dimanna.

«Senta, se non posso venire io da lei, la mando a prendere con una nostra macchina».

Forsi la prospittiva che tutto il vicinato la vidiva che la viniva a pigliare 'na machina della polizia con la sirena l'atterrì.

«No, venga, l'aspetto».

Riattaccò.

«Pirchì non gli dicisti che il sò amico è morto?» spiò Augello.

«Pirchì quanno glielo dirò, la voglio taliare nell'occhi».

Appena che Carla gli vinni a rapriri la porta, Montalbano ristò un momento 'mparpagliato. Pirchì era esattamenti come se l'era 'mmaginata mentri guidava verso la sò casa. Àvuta, biunna, appariscenti, curatissima, aliganti, non arrinisci però a controllari la curiosità e il nirbùso mentri faciva strata al commissario e lo faciva trasire in un saloni bono arridato.

«Mi dica subito che vuole da me, per favore».

«Mi è stato detto dalla signorina Anna D'Antonio che lei è una buona amica di suo fratello...».

Carla l'interrompì.

«È qui per qualcosa che riguarda Mario?».

«Sì».

«Che gli è successo?».

«È morto».

Il commissario s'aspittava 'na reazioni scomposta, 'nveci Carla addivintò pallita pallita, il mento le trimò, si abbannunò contro lo schienali della pultruna, si cummigliò la facci con le dù mano. Sinni stetti tanticchia accussì, po' si susì.

«Mi scusi» dissi.

E niscì dalla càmmara per annare a chiuirisi 'n bagno.

E ccà capitò 'na cosa curiusa. L'occhi di Montalbano cadèro supra a un granni specchio che c'era nella pareti a mano manca del posto indove stava assittato e proprio all'artizza di 'na porta aperta. Riflittiva qualichi cosa che dalla posizioni nella quali s'attrovava non arrinisciva a distinguiri bono. Si susì e s'avvicinò. Lo specchio riflittiva la càmmara di dormiri di Carla, si vidiva un comodino e 'na parti di un letto matrimoniali.

Supra al letto c'era un pacco aperto a mità, bastevoli però per vidiri che continiva un plaid o qualichi cosa di simili. Sintì rapririsi la porta del bagno e tornò ad assittarisi.

Carla si era data 'na rinfriscata, pariva aviri riacquistata 'na certa carma.

«Quando è stato?».

Montalbano glielo dissi. Po' spiò:

«Da quand'è che non vi vedevate?».

«Da una ventina di giorni».

«Avevate litigato?».

«Lo facevamo spesso, lui era molto geloso. Ma l'ultima volta è stata diversa dalle altre. È stata una rottura».

«Sempre per la sua gelosia?».

«No. La sua gelosia era campata in aria, il motivo per cui io ho cominciato a litigare era concreto e serio».

«Posso conoscerlo?».

«Preferirei di no».

«Lei lavora?».

«Sì. Ma sono in ferie».

«Dove?».

«Mi occupo delle relazioni pubbliche alla Vigàta Export Import».

«Quindi vi siete conosciuti lì?».

«Niente affatto. Ci conoscevamo da molto prima. Sono stata io a farlo assumere».

Sorridì leggermenti, continuò:

«Sono i vantaggi che si hanno ad essere la figlia del Presidente».

«Lei conosce gli amici di Mario?».

«Certamente. Sono anche i miei amici».

«Vorrei che lei me ne scrivesse i nomi e gli indirizzi».

«Perché?».

«Perché penso che Mario sia andato sulla spiaggia con qualcuno di loro la notte del 14».

La picciotta storcì la vucca.

«Io i nomi e gli indirizzi glieli do, ma credo che lei si stia sbagliando. I nostri amici hanno trascorso quella notte nella villa di uno di loro a Capo Rossello».

«Lei c'era?».

«No. Sono andata a trovare papà che è vedovo da poco. Sono figlia unica. Ci sono andata alle nove, abbiamo cenato, alle undici e mezzo sono tornata a casa e me ne sono andata a letto. Se ha un foglio in tasca, le detto i nomi e i numeri dei nostri amici».

Ci misiro picca tempo. Erano appena sei, vali a diri dù coppie con l'aggiunta di un mascolo e 'na fìmmina che non facivano coppia.

La conversazioni era arrivata al punto finali. E allura Montalbano addecidì di sparari la cannonata.

«Io avrei finito. Ma si rende conto che ha commesso una gravissima omissione?».

La risposta fu 'mmidiata e ferma.

«Me ne sono benissimo resa conto».

«Perché l'ha fatto?».

«Perché ho timore della sua risposta».

«Lei capisce che se non mi fa quella domanda, io sarò costretto a sospettare che lei sappia di più di quanto non mi abbia detto?».

La picciotta fici un longo sospiro.

«Va bene. Gliela faccio. Di cosa è morto?».

«Saprebbe darsela da sé la risposta?».

«Sì».

«Se la dia».

«Di overdose. È stato questo il motivo della nostra lite. Un mese fa ci è quasi restato. Si è salvato per un pelo. Stavolta invece…».

Quattro

Fazio ci misi sulo dù jorni a parlari con i sei amici di Mario. E tutte le risposte combaciavano.

Sì, avivano passato la nuttata nella villa di Capo Rossello.

No, Mario non era voluto andare con loro. Del resto, nell'urtima simana, era nirbùso e prioccupato.

No, Carla non c'era. Aviva ditto che sarebbi annata ad attrovari a sò patre.

No, escludivano che Mario faciva uso di droghe. Uno spinello ogni tanto sì, ma lì si firmava.

Pasquano, vinuto a sapiri da Montalbano quanto addichiarato da Carla, prima s'arraggiò, santiò, 'nsultò il commissario e alla fini ammisi che se Mario si era drogato malamenti un misi avanti, la cosa potiva macari non arresultare dall'autopsia.

Montalbano arrifirì la situazioni a Livia, la quali doppo aviri arriflittuto tanticchia, dissi 'na cosa che colpì assà a Montalbano.

«Di chi era il plaid?».

«Quale plaid?».

«Quello nel quale era avvolto».

Erano alla trattoria San Calogero. Il commissario

si susì di scatto, annò al tilefono e chiamò ad Anna.

La quali dissi che quanno Mario era nisciuto da casa non si era portato appresso nenti. E proseguì:

«Questo plaid mi è stato restituito proprio stamattina. Ma non è nostro, non ne abbiamo mai avuti così. Che devo fare?».

«Lo dia al dottor Augello quando lo vede».

«È da escludere che quello che l'ha ammazzato si sia portato appresso il plaid» dissi il commissario a Livia.

«E allora da dove salta fuori?».

Livia non seppi arrispunniri.

Quella sira stissa, a Marinella, siccome che faciva uno dei soliti sdilluvi di fini stati, Montalbano e Livia ristaro 'n casa a taliarisi la tilevisioni. C'era la replica di un programma di varietà e tutto 'nzemmula comparse un omo di mezza età che si misi a sonari l'armonica a vucca. Era Toot Thielemans, il nummaro uno.

E in quel priciso momento il commissario s'arricordò del bravo sonatori che aveva sintuto quella notti. Si susì, annò alla verandina, taliò la pilaja sutta all'acqua. Sì, il sono viniva da un posto vicinissimo a quello indove era stato attrovato il catafero. Di sicuro, se non viduto, qualichi cosa doviva aviri sintuto.

Era fondamentali parlare con lui. Ma come fari per attrovarlo?

Ci pinsò bona parti della nuttata, po' l'idea gli vinni.

All'indomani matino, appena 'n ufficio, tilefonò a Zito, il giornalista che dirigiva «Retelibera» e che era amico sò. Il risultato fu che, a partiri dal tilegiornali dell'una, vinni liggiuto 'sto comunicato:

La Polizia ha urgente bisogno di mettersi in contatto con chi, nella notte tra il quattordici e il quindici corrente mese, suonava un'armonica a bocca sulla spiaggia di Marinella a Vigàta. Si assicura la massima discrezione. Telefonare al Commissariato di Vigàta chiedendo del dottor Montalbano.

E alle setti di sira lo sconosciuto sonatori tilefonò.

«Forse sono io la persona che cercate. Mi chiamo Massimo Rocca».

«Signor Rocca, le sono immensamente grato per la sua cortesia. Ha cinque minuti di tempo per venire da noi?».

«Ora?».

«Se fosse possibile...».

«Va bene».

Era un trentino chiuttosto curtoliddro, occhi 'ntelligenti, sveglio e pronto di parola.

All'incontro erano prisenti Augello e Fazio.

«Ho portato l'armonica con me» dissi tirannola fora dalla sacchetta della giacchetta. «Se volete avere la prova che sono veramente io quello che cercate...».

«Le crediamo» dissi il commissario. E aggiungì: «Lei è veramente bravo, lo sa?».

«Sono solo un dilettante. Anche se passo con l'armonica tutto il tempo libero».

«Che fa?».

«Faccio il rappresentante di commercio».

«Veniamo al motivo per cui l'ho dovuta disturbare. Con chi era sulla spiaggia quella notte?».

«Con la mia ragazza. Si chiama Giulia. È lei che mi ha fatto venire qua di corsa».

«A che ora siete arrivati?».

«Poco dopo la mezzanotte».

Sorridì.

«C'era anche lei, in compagnia. Ma era sopra una verandina e teneva la luce accesa».

«Già. È da lì che la sentivo suonare. C'era buio fitto, ma lei ebbe modo di sentire...».

«Guardi, commissario, poco dopo di noi arrivò un'altra coppia. Lui addirittura inciampò tra i piedi della mia ragazza. Si distesero vicinissimi. Non prestai loro molta attenzione, anche se ogni tanto mi giungeva qualche loro parola».

«Mangiarono, bevvero?».

«Sì. Mi giunse l'odore del cuddrironi e mi tornò l'appetito. Noi avevamo cenato prima di andare sulla spiaggia».

«E poi?».

«Poi, dopo un'ora circa, ebbi l'impressione che la ragazza se ne fosse andata lasciandolo solo. Ma è un'impressione, badi bene».

«Successe altro?».

«Sì. Ma non saprei spiegarlo».

«Si sforzi».

«Ebbi ancora una volta un'impressione. Che l'uomo

non fosse più solo. Mi giunse come un ansimare, intuii un movimento confuso... Ma durò pochissimo».

«A che ora ve ne siete andati?».

«Ce ne siamo andati via alle tre. Non posso dire altro».

«Signor Rocca, lei poco fa ha detto che ogni tanto giungeva fino a lei qualche parola... Si sforzi, la prego, di ricordarne qualcuna».

Il picciotto scotì negativo la testa.

«Sa, io ero concentrato a suonare... mi pare che una volta la ragazza chiamò per nome il suo... può essere Dario?».

«O Mario?».

«Potrebbe anche. Ma forse la mia ragazza è in grado di... Posso telefonare?».

«Faccia pure».

Il picciotto fici un nummaro.

«Giulia, ti telefono dal commissariato. Qua desiderano sapere se abbiamo inteso qualche parola della coppia alla nostra destra. Lei come lo chiamò? Dario o Mario? Mario, va bene. Ma tu hai sentito altro? Sì, va bene, glielo riferisco».

Posò la cornetta, s'assittò. Montalbano, Augello e Fazio lo taliaro senza raprire vucca.

«Giulia dice che ha sentito che lui la chiamava Carla».

Se scoppiava 'na bumma, era meglio.

«Per 'ncastrarla non abbasta» fu il primo commento di Augello.

«Ho un'idea» dissi Montalbano. «Rocca ci ha ditto che la coppia si mangiò il cuddrironi. Quanti sono a Vigàta quelli che fanno il cuddrironi? Io saccio che, per le feste, le lanne di cuddrironi devono essere prenotate».

«Vado io» fici Fazio che aviva accapito a volo.

E niscì di cursa. Mimì, susennosi macari lui, dissi che Anna gli aviva dato il plaid che non era sò.

«Portamillo ccà» dissi il commissario.

Augello tornò con un pacco avvolto in carta di giornali. Lo raprì, dintra ci stava 'na busta di nylon attraverso la quali il plaid si 'ntravidiva. Mimì scartò macari questa e Montalbano l'ebbi davanti.

Ristò senza sciato.

Era priciso 'ntifico a quello che aviva viduto, attraverso lo specchio, posato supra al letto di Carla. Passato il primo momento, lo contò ad Augello.

«Se n'è accattato uno novo per sostiniri che il sò non l'aviva mai portato supra alla spiaggia» dissi Montalbano.

Cchiù tardo tilefonò Fazio. Dissi che la facenna era longa. Stabilero di rividirisi a matina.

«Ora la domanda è: qual è stato il movente?».

«Se le cose stanno come mi hai detto tu» fici Livia «e cioè che la ragazza l'ha attirato in un tranello, sulla spiaggia gli ha fatto bere il vino con il sonnifero e poi l'ha abbandonato in balia dell'assassino, non credo che l'abbia fatto per motivi personali, gelosia o altro. Penso invece che si sia prestata per impedire che quel ragazzo commettesse un gesto, non so, qualcosa di irreparabile non solo per la stessa Carla. È un'idea confusa, ma...».

Ma per Montalbano fu come un lampo nello scuro.

Dato che Fazio non era ancora arrivato, la prima cosa che fici fu di tilefonari al viciquestori Mauretano, capo dell'antidroga.

«Vorrei un'informazione. Che puoi dirmi su una società che si chiama Vigàta Export Import?».

«Perché lo vuoi sapere?».

«Perché sto indagando sulla figlia del Presidente Ramirez che sarebbe implicata...».

«Scusami» l'interrompì Mauretano. «Ho una riunione e mi stanno chiamando. Puoi ritelefonarmi in serata?».

Finalmenti, verso le unnici, Fazio s'arricampò mentri che nell'ufficio del commissario c'era Augello. Aviva la facci delle granni occasioni.

«Carla Ramirez ha prenotato 'na lanna di cuddrironi di quattro porzioni per le unnici e mezza di jorno 14 presso il fornaro Nicastro. Ho visto il quaterno indove che c'erano scrivute tutte le prenotazioni».

«È fottuta» dissi Augello. «L'annamo ad arristari?».

«Macari se non sapemo pirchì l'ha fatto?».

«Beh, intanto...».

«Non sugno d'accordo. Dovemo aviri il moventi priciso».

«Sarà stata 'na facenna di gilosia».

«'Na fìmmina gilosa si vendica con le sò mano, non 'ncarrica a un terzo d'ammazzari doppo avirigli priparato il tirreno. Secunno mia, la cosa è cchiù grossa».

«In che senso?».

Stava per arrispunniri ma vinni 'ntirrotto dallo squillo del tilefono.

«Ah dottori dottori! Ah dottori! Ci sarebbi che c'è supra alla linia il signori e guistori che...».

Lo voleva vedere immediatamente.

«Montalbano, vuole usarmi la cortesia d'informarmi su di un'indagine che lei sta conducendo a proposito di quel trentenne morto per overdose?».

«È morto per overdose, ma si tratta di un delitto».

«Delitto? La prego di leggere il referto del dottor Pasquano».

Montalbano lo liggì e allucchì.

Non si parlava per nenti di omicidio, anzi il referto affirmava che la gnizioni il picciotto se l'era fatta da sulo. Taliò sbalorduto al questori.

«Quindi lei non ha motivo di fare alcuna indagine».

«Ma io ho raccolto una tale quantità di prove che...».

«Le metta in disparte. È un ordine».

Fu allura che Montalbano accapì.

«È stato Mauretano a volerlo? Teme che le mie indagini possano intralciare le sue?».

«Pensi quello che vuole».

Dù misi appresso Mauretano arristò a tutti i dirigenti della Vigàta Export Import, ad accomenzare da Ramirez e sò figlia per traffico di droga. Carla vinni 'mputata macari di concorso nell'omicidio di Mario D'Antonio che aviva scopruto il traffico e voliva addenunziari a tutti. Materialmenti, l'omicidio era stato compiuto da un omo di fiducia di Ramirez.

Tutto quello che il commissario ci guadagnò fu un caloroso ringrazio del questori per «la comprensione e l'alto senso del dovere».

E a Montalbano, per la raggia, gli passò il pititto per dù jorni.

Marco Malvaldi

Azione e reazione

«A me non mi convince per niente».

«E dai, prova. Che ti costa?».

Il Rimediotti scosse il capo, per nulla convinto.

«Senti, io ho anche smesso di fuma' le sigarette normali, 'un ho punta voglia di prende' 'r vizio a questa robaccia vì. Capace costa anche».

«Un po' te la fanno pagare» ammise Aldo «però ne vale la pena, te lo assicuro. A me mi ha aperto un mondo. Pensala come un'esperienza nuova».

«Mah...».

Il Rimediotti tese la mano, prese lo strano affare cilindrico che Aldo gli porgeva con mano tentatrice, se lo portò alle labbra e dette un tiro sospettoso. Dopo qualche secondo, sbuffò una nuvoletta di vapore opalescente.

«Allora?».

Il vecchietto cominciò a giocherellare col cilindretto, avvitandolo e svitandolo nell'aria con dita malferme. Dopo averlo studiato bene bene, il Rimediotti assentì lentamente andando su e giù con la testa.

«Mah, a me non mi sembra la stessa cosa».

«Non è la stessa cosa no» ammise Aldo. «Però perlomeno è una sensazione simile. E poi hai la manualità, la gestualità. La tieni come se fosse una sigaretta vera. A me, devo dire, mi convince».

Il Rimediotti, visibilmente per nulla convinto, tese la mano adunca verso il proprio vicino di sinistra.

«Te, Pilade, la vòi prova'?».

Pilade, trincerato dietro il fumo della sua Stop, guardò il Rimediotti con aria schifata.

«A me le sigarette mi garbano vere. Quelle cor tabacco dentro e senza il filtro fòri. Ci sono abituato. Quell'affare lì 'un so nemmeno cosa c'è dentro. E se poi mi sento male?».

«E dài, Pilade» disse Aldo. «Per un tiro, cosa vuoi che ti succeda?».

«Lo dici te. Dipende da cosa ti tiri» replicò Pilade, a buzzo fiero.

«Vero» ribadì Ampelio, bene appoggiato al bastone. «Magari 'un mòri, però diventi cieco».

«E vabbe', allora chiudiamoci in casa, sennò ci arrivano i vasi di gerani in testa» disse Aldo riprendendosi l'oggetto elettronico, prima che il Rimediotti trovasse il modo di romperlo. «Non è che siccome uno è vecchio deve rincoglionire per forza, bimbi, eh».

«Meglio coglione che avvelenato» rispose Pilade, fermo nella sua posizione intellettuale oltre che (come d'abitudine) in quella fisica. «Io se 'un so cosa c'è dentro quell'affare non lo tocco nemmeno cor forcone. E poi, Dio bonino, va bene l'innovazione, ma alle vòrte s'esagera. E la posta elettronica, va bene. E l'atumobili colla centralina elettronica, meglio. Ora però anco le sigarette le fanno elettroniche. Io son preoccupato».

«Fai bene a preoccuparti» simpatizzò Ampelio. «Se piove di vèr che tòna poi si passerà direttamente alla pastasciutta elettronica, e lì ti ci voglio vede'».

«Oh, Massimo, fermati un attimino» intervenne Aldo. «Te cosa c'è dentro la sigaretta elettronica lo sai?».

Massimo, che nel frattempo era arrivato a portare via i bicchieri vuoti, assentì con la testa mentre sparecchiava alla velocità dei neutrini.

«E allora spiegaglielo te a papa Wojtyla, qui, per favore» impetrò Aldo. «Sennò poi va in giro a dire che lo voglio traviare».

«Se venite dentro, volentieri».

«O cosa c'incastra di veni' dentro?» chiese Ampelio. «Noi si sta tanto bene qui fòri».

«Ne sono lieto. Però siccome è il quindici di agosto e sono le tre di pomeriggio, spero vi renderete conto che al sole oltre a voi ci stanno bene solo i ramarri. Dato che io non sono né un rettile né un reduce dell'Amba Alagi, e dato che dentro il bar c'è l'aria condizionata, se venite dentro vi spiego anche come funziona un ciclotrone. Se invece Pilade non se la sente di affrontare questa temibilissima diavoleria tecnologica, sono mele cotte vostre».

E, vassoio in mano, partì.

«Carattere chiuso...» borbottò Ampelio puntellandosi sul bastone.

«Allora, in pratica la sigaretta elettronica contiene un sensore: un dispositivo in grado di rilevare il flusso dell'aria, e quindi di accorgersi di quando lo pseudo fumatore aspira. Quando rileva l'aspirazione, il sensore accende una resistenza che riscalda il liquido contenuto nella cartuccia. Il liquido riscaldato alla temperatura adeguata si nebulizza, ovvero forma una nebbia che può essere inalata».

«E cosa c'è nel liquido dentro la cartuccia?» chiese Pilade, infastidito sia dal tono cattedratico di Massimo che dallo scomodissimo sgabello su cui, visto che tutte le altre sedie erano occupate, aveva dovuto, per dir così, accomodarsi.

«Acqua aggiunta di glicole propilenico, glicerolo, nicotina. Servono per creare delle goccioline, invece di produrre semplicemente del vapore, che non darebbe la stessa sensazione. In questo modo si producono delle goccioline di liquido disperse in aria, grosso modo della stessa dimensione delle particelle del fumo, che una volta aspirate ti danno la sensazione del fumo, mentre se aspiri forte sopra la pentola dell'acqua della pasta non hai la stessa sensazione».

«E non è come aspirare il fumo?» chiese Aldo. «A livello dei polmoni, intendo...».

«No, è tutta un'altra cosa. Il fumo è una dispersione di un solido in un gas. È una delle caratteristiche che contribuiscono a renderlo dannoso. Se fai caso, il fumo che esce dalla sigaretta è azzurrino, mentre quello che soffi fuori è bianco. Questo succede perché le particelle di fumo toccano la superficie dei tuoi polmoni, che è fredda, e si aggregano. Così quando espiri soffi via particelle di dimensioni maggiori, che rifrangono la luce in modo diverso, e quindi il fumo ha un altro colore. Purtroppo, nel processo parecchie particelle si affezionano alle pareti dei tuoi polmoni e decidono di rimanere lì, a grattarti gli alveoli».

«E questi troiai che dicevi prima che si mettano nella cartuccia sono velenosi, immagino».

Massimo si prese una generosa dose di tè freddo.

«Tutto è velenoso, se lo assumi in dose sbagliata». Massimo indicò il bicchiere d'acqua davanti a Pilade. «Anche l'acqua, che è la base della vita. Prova a berti quindici litri d'acqua il giorno e poi me lo sai ridire».

«Perché, cosa mi succede?» chiese il Rimediotti.

«De', mòri d'aonco» disse Ampelio. «Vedrai, se vomiti anco l'anima benino non stai».

«Non esattamente. Potresti andare in iponatremia, cioè carenza di sodio nel sangue, e sviluppare un'encefalopatia letale».

Mentre Ampelio si sistemava il cavallo dei pantaloni, Massimo continuò:

«A queste dosi, questa roba non fa nulla. Anzi, il glicole propilenico è un ottimo antibatterico. E la glicerina è un lassativo. Esattamente come la nicotina. Mantengono anche quell'effetto».

«Ho capito».

Pilade fece due o tre volte su e giù con la testa, quindi guardò Massimo con gli occhietti che brillavano, incastonati nella facciotta lardosa.

«Ho capito, sì. E allora come mai te continui a fumare le sigarette normali?».

Massimo ridacchiò. Se c'era una cosa che non potevi fare con Pilade, sia fisicamente che figurativamente, era prenderlo per il culo.

«Perché sono fatti miei. Ho smesso di rendere conto a mia madre, santa donna, da una ventina d'anni, e a mia moglie, quella maiala, da una decina, e ora dovrei giustificarmi coi Quattro del De Profundis? A parte il fatto che, se mi convertissi alla sigaretta elettronica, Aldo comincerebbe a scroccarmi anche quella. Tanto, elettronica o no, fuma più di prima. Che non compri un pacchetto di sigarette dal novantasei, pace, ma che ci mettiamo in bocca lo stesso oggetto no. C'è un limite a tutto».

«Ha ragione ir bimbo» sentenziò Ampelio. «Quando si tratta di bacco, tabacco e venere, lui sceglie la tradizione. Le care, vecchie cose d'una vorta. Anche per l'amore fisico, sissignore. Tutto fatto a mano, come quando s'era ragazzi noi».

Mentre Massimo si guardava intorno, alla ricerca di un oggetto contundente, Pilade riprese il discorso.

«Però su una cosa ir bimbo ha ragione davvero, Ardo. È una settimanetta che fumi parecchio».

«Vero» ammise Aldo. «È che son nervoso, che ci vuoi fare».

«Per via del russo?» chiese Gino.

Aldo, soffiando via una nuvoletta di fumo virtuale, assentì tristemente.

Il russo in questione, al secolo Pavel Gorlukovich, era entrato nella vita di Aldo una settimana prima, quando insieme alla moglie Ekaterina Ivanovna Semionova aveva preso possesso della Suite Leopoldina all'interno del resort di Villa del Chiostro. Il fatto che la suite intitolata al fu granduca costasse milleottocento euretti a notte, e che l'unità abitativa fosse stata prenotata dall'ex sovietico per la durata di tre settimane, aveva suggerito al personale della struttura che, forse, era il caso di trattare il personaggio con riguardo.

Lo stesso riguardo, ahimè, non era stato mostrato dal Gorlukovich, né nei confronti del personale né rispetto agli altri ospiti, ahiloro.

La clientela di Villa del Chiostro e dell'annesso ristorante «Boccaccio 2012», di cui Aldo comandava la sala in cooperazione con Tiziana, si poteva definire senza alcun dubbio in un solo modo, e cioè distinta. Ad essere sinceri, anche «molto anziana» sarebbe stato adeguato, ma per il concetto che si vuole sviluppare l'aggettivo «distinta» è sicuramente più coerente. Clientela anziana, si diceva dunque, ma soprattutto distinta. Purtroppo anche il Gorlukovich era in grado di distinguersi, ma solo ed esclusivamente per essere rozzo, fastidioso e fuori luogo come un porchettaro in una sinagoga.

Il figuro in questione ammorbava con la propria facciona rossa e minacciosa un po' tutte le parti del complesso, dalla Spa alle piscine, tanto da guadagnarsi nel giro di un paio di giorni l'azzeccato nomignolo di «il biecorusso»; ma, in assoluto, era al ristorante che il tizio dava il meglio di sé.

Tralasciando i rumori che caratterizzavano la sua presenza, e che andavano dal continuo blaterare oscure minacce al telefonino al chiamare i camerieri con uno schiocco di dita per finire con i rutti con i quali annunciava al resto della provincia di aver gradito il pasto, il russo era una specie di campionario di tutto quello che non si fa quando si va a cena fuori. Scenate ai camerieri, bicchieri di barbaresco tirati giù come se fossero spuma, piatti dal sapore non gradito rovesciati sul pavimento, e altro ancora: il tutto con la tipica protervia che, di solito, solo l'appartenenza a una branca dei servizi segreti o ad una organizzazione criminale può dare ai propri appartenenti.

Quando, in una occasione, Aldo aveva tentato di ricordare al biecorusso l'esistenza di quella strana forma di ipocrisia nota come «buona educazione», e che non era bello pretendere di sedersi ad un tavolo a cui era già seduta un'altra coppia, perdipiù in età tumulabile, il tizio aveva troncato di netto, cominciando ad irritarsi:

«Io paga per quello che chiedo».

«Anche gli altri nostri ospiti pagano, signor Gorlukovich» aveva replicato Aldo, con più fermezza di quanto credeva di possedere, e meno di quanto avrebbe desiderato.

«Davvero? Allora loro no ospiti. Loro clienti, come me. E io paga più di loro».

E si era diretto al tavolo, rosso in faccia, seguito dalla moglie. Purpurea anche lei, ma per ragioni più condivisibili.

«E viene a cena anche stasera?».

«Anche stasera, sissignore. Ferragosto, il giorno più impestato dell'anno». Aldo dette un tiro particolarmente privo di ispirazione al surrogato di sigaretta, sbuffando via una nuvoletta di vapore. «Gente che pretende di mangiare bene e di essere servita in un tempo decente con il ristorante strapieno, gente che arriva all'ultimo momento e ti chiede ha mica un tavolino, siamo in sei ma ci si stringe, gente che si incazza perché aspetta il dolce dieci minuti. Il tutto con questo stronzo fra i piedi».

«Dai, su, cosa ti lamenti» provò a tirarlo su il Rimediotti. «Almeno ciai il ristorante pieno».

«Stasera» rispose Aldo recisamente. «Stasera sì, perché è Ferragosto. E la gente viene da fuori. Ma lo sai che sei coppie di clienti del resort hanno fermato le prenotazioni al ristorante, già pagate e tutto, e da qui alla fine del soggiorno preferiscono mangiare fuori?».

Aldo sospirò.

«Quando ho cominciato c'erano i ricconi giapponesi. Educatissimi, signorili, curiosi. Poi sono arrivati i ricconi arabi. Esagerati, viziati, ma in modo spettacolare, quasi bambinesco. Ora ci sono i ricconi russi. Quasi tutti ex militari, ex KGB. Gente che ha fatto i soldi vendendo armi o cristiani».

«E preferivi l'arabi?» disse il Rimediotti, da sempre diffidente nei confronti degli infedeli.

«Ma mille volte. Almeno erano educati. Almeno se si trovavano male si limitavano a non tornare più. Questi se si trovano male non ci mettono nulla a darti fuoco al ristorante. Via, giù, ora mi tocca andare a preparare. Massimo, te lo posso chiedere un favore?».

«Volentieri» disse Massimo, tirando fuori di tasca una sigaretta vera. «Su diecimila, una più una meno...».

Aldo fece scattare l'accendino proprio sotto il cartello «Vietato fumare»; quindi, dopo aver aspirato voluttuosamente, indicò Massimo con la punta della cicca.

«Una cosa positiva il russo ce l'ha» disse, annuendo. «Da quando l'ho conosciuto, mi sembra quasi simpatico».

Eccoci. Gira gira, tocca sempre a me.

Driiin.

Driiin.

Driiin.

«Mphr».

«Pronto... Pronto, Massimo? Pronto?».

«Dipende a cosa. Chi è?».

«Massimo, sono io, dai!».

«Io chi? Ci sono sette miliardi di persone che possono dire la stessa co...».

«Io, cazzo, io! Sono Tiziana. Chi vuoi che sia che ti telefona a casa alle due di notte?».

«Si incomincia bene. Prima mi svegli alle...» Massimo dette un'occhiata allo stereo «... alle due e un quarto, e poi mi dai dello sfiga...».

«Massimo!».

«Sì, scusa. Che è successo al russo?».

Attimo di silenzio. Al di là del telefono, l'unico rumore che Massimo era in grado di riconoscere (sebbene fosse decisamente fuori allenamento) era un respiro affannoso di femmina. Dopo qualche secondo la femmina in questione, e cioè Tiziana stessa, smise di pantasciare e chiese:

«E te come lo sai?».

«Probabilità. Qual è la probabilità che tu mi telefoni alle due di notte, se non è successo qualcosa di grave? Praticamente nulla». Massimo fece una piccola pausa per sbadigliare, coprendo il ricevitore per occultare il richiamo di ippopotamo in amore. «Ergo, è successo qualcosa di grave. Che cosa? Proviamo a ragionare in termini di probabilità condizionali, come mi ha insegnato il buon vecchio reverendo Bayes. A priori, hai un ristorante con dentro un cliente stronzo e maleducato, che ha già rotto i coglioni a qualsiasi bipede che stazioni lì da voi. Come condizione, è Ferragosto e quindi il ristorante è pieno di gente stanca e rintronata dal sole, quindi facilmente irritabile. A posteriori, perciò, la probabilità che l'episodio grave per cui mi stai chiamando non abbia nulla a che fare con il russo in questione è piuttosto bassina. Anzi, direi che è piuttosto facile inferire che qualcuno abbia risposto male al russo e che ne sia nata una discussione a forchettate».

Si udì qualche altro secondo di respiro affannato, poi la voce di Tiziana replicò in tono lievemente più calmo:

«Meglio che tu smetta di frequentare questo reverendo Bayes, chiunque sia. Il russo è morto in camera sua, un'ora fa. Il dottore dice che è stato avvelenato».

Fuori dal ristorante, oltre all'inutile ambulanza con i fari azzurri accesi e roteanti, ma a motore spento, c'erano Aldo, seduto su una sedia con le mani giunte, con il calumet 2.0 che gli pendeva dalle labbra, spento anch'esso. A qualche metro di distanza il Foresti camminava avanti e indietro davanti al portone, con gli occhi persi. Massimo, senza dire nulla, si sedette accanto ad Aldo e gli porse una sigaretta di quelle di una volta. Aldo, dopo essersi messo nel taschino l'oggetto elettronico, la prese con dita che tremavano lievemente più del normale e se la accese, abbandonandosi sullo schienale mentre sbuffava la prima boccata.

«La polizia è già arrivata?».

Purtroppo, non tutti i tipi di tensione sono solubili nel fumo tanto quanto nell'alcol, e lo sguardo di Aldo confermò.

«Sono dentro. Stanno interrogando Tiziana. Poi tocca a me, poi a Sergio...» Aldo indicò il socio con la punta della sigaretta «... e infine a Tavolone. E poi, via via, tutto il personale».

«Te la senti di dirmi cosa è successo?».

«Fino a quando lo so, ci posso provare».

«E provaci, su» disse Massimo, con un sorriso forzatello. «Così ripassi un po', prima di fare l'esame».

«Allora...» cominciò Aldo, alzandosi come d'abitudine quando doveva raccontare qualcosa. «Stasera, al ristorante, eravamo pieni. Anzi, più che pieni. Settantotto coperti. Tutto alla carta, come sempre, per cui immaginati te che casino che c'era».

«Gente che conoscevi?».

«Non tantissima. C'erano due tavoli di persone di paese, l'avvocato Pasqualoni con la ganza e i Soldani, che avevano un paio di amici da fuori. Per il resto, qualche ospite del resort e parecchia gente di passaggio».

«Il russo com'era? Come al solito?».

Aldo lo guardò al di sopra degli occhialini da intellettuale.

«Peggio. Parecchio peggio. Ha iniziato facendo aprire un Trebbiano Valentini e dicendo che sapeva di tappo, e noi lì a spiegargli che è un vino un po' particolare e quel sapore pungente è una delle sue caratteristiche. Nulla, se n'è fatta portare un'altra e ha detto che aveva preso di tappo anche quella. E fin lì s'era presa quasi sul ridere. Tavolone, quando gli s'è portato la bottiglia aperta e gli s'è detto "ò, il biecorusso ha detto che questa puzza di tappo" s'è messo a dire "eeh, si vede che è uno abituato ai profumi. Per esempio, la su' mamma sapeva sempre di camporella". E intanto, si arriva agli antipasti. E lì la situazione inizia a degenerare. Ha cominciato a trattare male chiunque gli capitasse a tiro. Camerieri, clienti, persino la moglie, tanto che lei a un certo punto ha preso ed è andata via».

«È tornata in camera?».

«No, credo sia proprio andata via dall'albergo. Comunque, ci sono telecamere ovunque, la cosa si può vedere facilmente. Lui è rimasto un'altra oretta, da solo, anche se per quello che ha bevuto potevano essere in sei».

«E cosa ha mangiato?».

«Dunque, di antipasto ha preso la tartara di scampi con la salsa di aglio bianco di Caraglio. Poi di primo lo spaghetto scorfano e oliva taggiasca...».

«Lo spaghetto? Uno solo?».

«Sì, ma lungo sei metri». Aldo allungò la mano verso il taschino di Massimo, tirò fuori il pacchetto e ne estrasse una sigaretta. «Poi di secondo la tagliata di tonno impanata al pistacchio. Ma ha mangiato poco o nulla. Secondo me, stava già male quando è arrivato a tavola. T'avrei fatto vedere come sbatteva gli occhi. Però sai, ho pensato che avesse preso troppo sole. Si vedeva il collo qui dietro la nuca che era viola da quanto era rosso. Doveva aver preso una strinata di quelle da ricovero...».

«Signor Griffa?».

Aldo si voltò. Dal portone era uscito un poliziotto in divisa con Tiziana accanto.

«Vai, tocca a me. Massimo, posso?» disse indicando il pacchetto.

Vabbe', un'altra sigaretta per l'interrogatorio...

Massimo glielo porse, benevolo. Aldo, con un sorriso tirato ma sincero, lo prese per intero e se lo mise in tasca, annettendoselo con finta indifferenza.

«Torno fra un po'. Voi mi aspettate, vero?» disse rivolto a Massimo e Tiziana.

E ti pareva. Un altro paio d'orette su una sedia di vimini, gonfio di sonno e senza poter fumare.

Speriamo ti incriminino.

«"Un'ultima cena nel resort di Villa del Chiostro, poi la morte. Trovati altissimi livelli di piombo nel sangue. Servizio di Pericle Bartolini"».

Mentre gli altri tre vecchietti si mettevano le mani nelle tasche davanti, il Rimediotti si produsse nell'usuale preludio alla lettura a voce alta dell'articolo di giornale, ovvero una scatarrata che ricordava la partenza di un Gran Premio.

Erano le tre di pomeriggio del diciassette agosto, e il BarLume si stava gustando il lento ritorno alla calma che segue il parossismo di Ferragosto; come personale, come da logica, era presente il solo Massimo, e come clienti, per contrappasso, solo i vecchietti.

Va spiegato, per quelli che non sono mai entrati in questo bar, che gli ex giovanotti non si stavano toccando le palle come reazione alla morte violenta cui l'articolo si riferiva (in quanto è noto che i vecchietti amano leggere di scomparse, omicidi, necrologi e qualsiasi notizia comunicante al mondo che è morto qualcun altro) quanto in risposta al nome di Pericle Bartolini, responsabile della sezione «cronaca nera e altri fattacci col morto» del giornale locale, il cui nome veniva scandito dal Rimediotti solo ed esclusivamente in corrispondenza col fatto che qualcuno aveva tirato il calzino. In virtù di tale correlazione, il Bartolini si era fatto quindi una granitica e rispettata fama di portamerda, che veniva doverosamente ricordata ogni qualvolta il personaggio in questione era avvistato o rammentato.

«"Una giornata di vacanza, in spiaggia, come sempre nelle ultime settimane. Una cena tranquilla nel resort dove alloggiava insieme alla moglie. Poi, d'improvviso, i primi sintomi di malessere e il ricorso al dottore, tempestivo ma inutile. Così è morto, nella notte di Ferragosto, il cinquantaseienne Pavel Gorlukovitch, imprenditore russo del ramo energetico che aveva scelto Pineta come luogo per passare le vacanze, senza sapere che sarebbero state le ultime della sua vita"».

«Davvero. Ma anche lui, de', con tutti i vaìni che ci doveva ave', viene in vacanza a Pineta? È come anda' ar casino e mettessi a guarda' le tendine».

«Ampelio chetati, per favore» disse Aldo, con voce neutra.

«"L'intensità e la natura dei primi sintomi sono stati tali da far sospettare il magnate sovietico..."».

«Sovietico?» chiese Pilade. «Quarcuno glielo dovrebbe spiega' ar Bartolini che siamo ner dùmila, prima o poi».

«"... di essere stato avvelenato. E difatti, l'autopsia ha rivelato che nel sangue dell'uomo erano presenti massicce quantità di piombo. Un vero e proprio avvelenamento, in grado di spiegare sia le intemperanze di cui il soggetto aveva dato mostra nel corso della cena, sia la successiva morte per edema cerebrale, come riscontrato dal medico legale. Dove sia avvenuto l'avvelenamento, e con quali modalità, rimane tuttora un mistero. Gli unici elementi certi di cui gli inquirenti dispongono sono i movimenti della vittima, ricostruiti con l'aiuto della moglie, Ekaterina Semionova. Movimenti, in realtà, molto semplici: la coppia era solita passare la mattina presso il centro benessere e il pomeriggio in spiaggia, consumando tutti i pasti presso la struttura di Villa del Chiostro. Una routine consolidata, che ha probabilmente aiutato l'assassino a pianificare e successivamente a mettere in atto il proprio disegno criminoso, concretizzatosi nella morte del turista russo. Una ulteriore morte violenta nella nostra cittadina, un ulteriore mistero estivo, una nuova pennellata di giallo sull'azzurro del cielo del nostro bel litorale"».

Così si concludeva l'articolo del Bartolini, il quale con l'ultimo guizzo di penna era riuscito a ricordare ai quattro collezionisti di acciacchi di non essere l'unico menagramo della provincia.

I quattro, però, non reagirono alla provocazione. Non perché non l'avessero registrata, ma perché nel momento esatto in cui il Rimediotti finiva di leggere l'articolo l'ombra sotto l'olmo si era improvvisamente congiunta con un'altra ombra a forma di commissario.

«Alla grazia della legge» disse Ampelio con tutta la gentilezza di cui disponeva. «Abbiamo anche il dottor commissario».

«Buongiorno, dottor Fusco» disse invece Aldo, signorilmente. «Come va? Si sieda, si sieda. Le prendo un cuscino?».

Avvicinatosi ad una seggiola, il dottor commissario vi si sedette sopra, senza peraltro che la propria altezza diminuisse in modo sensibile.

Questo della statura era uno dei capisaldi attraverso cui i vecchietti trovavano giusto ed opportuno prendere per il culo il dottor commissario; gli stessi vecchietti che, si badi bene, pochi giorni prima erano sinceramente inorriditi nel sentire un politico idiota della Lega prendere in giro un ministro della Repubblica a causa del colore della pelle. Ma così va il mondo: spesso, per prendere in giro una persona che troviamo detestabile per motivi nostri, giustificabili o meno, non troviamo di meglio che appigliarci ad una sua caratteristica fisica, specialmente in politica. E mentre è socialmente ripugnante, grazie a Dio, prendere qualcuno per il culo per il colore della pelle, talvolta appare accettabile (anche se, a chi scrive, inspiegabile) farlo a causa della statura.

Fusco, come suo solito, attese per qualche secondo prima di parlare.

«Come va? Bella domanda. Potrei avere qualcosa da bere?».

Massimo, che alla vista di Fusco era uscito immediatamente dal bar per evitare le probabili conseguenze date dal contatto Legge-Anziani, in ottemperanza al corollario del Galateo del Galantuomo di Paese il quale testualmente recita «meglio ave' paura che toccanne», si trasformò immediatamente da diplomatico in barrista.

«Caffè? Spremuta? Analcolico?».

«Un caffè, grazie» acconsentì il Fusco, per poi riprendere: «Come va, come va. Fino a due giorni fa, cioè fino a quando aspettavo in panciolle il trenta di agosto come ultimo giorno da passare a Pineta, prima di essere trasferito come vicequestore aggiunto a Firenze, parecchio bene. Ora, dopo che gli ultimi giorni di supposta tranquillità si sono trasformati in un casino internazionale, un po' meno bene, devo dire».

I quattro, opportunamente, tacquero.

«Adesso, però, sono molto più tranquillo. Sappiamo come è morto il Gorlukovich, e quindi siamo in grado di restringere il campo delle indagini».

«Ah» disse Ampelio. «Quindi è vero che Gorlucoso, lì, è stato avvelenato cor piombo?».

«Esattamente. Sono state trovate dosi di piombo nel sangue elevatissime. E tutti i sintomi mostrati concordano. Nervosismo, aggressività, allucinazioni, spasmi muscolari».

«Giusto» disse Aldo, dando un tiro ispirato alla sua sigaretta da astronauta. «Saturnismo. La causa della fine dell'impero romano, dicono alcuni».

«La vedo informato» osservò Fusco.

«È il mio lavoro» rispose Aldo. «Tutti i componenti della brigata di sala devono saper intrattenere e conversare. E visto il genere di clientela, non posso parlare esclusivamente di gnocca e di pallone».

«Già, è il suo lavoro stare in sala» concesse Fusco. «E visto il genere di clientela, intendo quella che girava ultimamente, non ha mai avuto la tentazione di andare in cucina?».

«In che senso?».

«Non so. Forse perché in sala c'è un cliente fisso che sta mandando in paranoia l'intero resort e sta distruggendo la reputazione del ristorante. Se uno sta in cucina, magari non lo vede e si rilassa un po'. E visto che è lì, per rilassarsi un attimo, può provare a cucinare qualcosina. Ma se uno non fa il cuoco di mestiere, il piatto che cucina potrebbe risultare… come dire, pesante». Il commissario fece una pausa. «Pesante come il piombo».

Se non fosse stato per il vapore che fluiva lento e continuo dalle narici, Aldo avrebbe potuto sembrare imbalsamato. Non gli tremava più nemmeno la mano che reggeva la sigaretta.

«Commissario, ha voglia di scherzare?».

«Certo».

I vecchietti si voltarono all'unisono. Massimo, posando la tazzina con il caffè di fronte al dottor commissario, completò.

«Certo che ha voglia di scherzare» disse, mentre posava sul tavolino la coppetta con le bustine di zucchero. «Secondo voi, a indagini in corso, il dottor Fusco viene qui al bar a dire a un sospettato che stanno indagando su di lui? Da che mondo è mondo, le indagini richiedono discrezione. Specialmente nei confronti di chi è indagato o sospettato. Dico bene, signor commissario?».

«Dice benissimo, Viviani».

«Anzi, mi spingerei più oltre» disse Massimo sedendosi, prendendo una sigaretta dal taschino e tirando il resto del pacchetto dentro il bar, tanto per essere chiari. «Il fatto che il commissario sia qui implica che nessuno dei presenti sia sospettato dell'omicidio. Quindi, siccome Aldo è il gestore e maître del ristorante, direi che questo di fatto esclude che l'avvelenamento sia avvenuto al ristorante».

Fusco, dopo aver assaggiato il caffè, fece un piccolo e silenzioso applauso di falangi.

«E bravo il nostro Viviani». Sorso di caffè. «In effetti, contemporaneamente alle analisi del sangue sono state disposte le analisi del contenuto dello stomaco. E nel cibo ingerito dal nostro caro signor Gorlukovich non c'è traccia di piombo».

«Ah».

«Ne discende, quindi, che il veleno non è arrivato nel sangue della vittima per ingestione. Adesso, dobbiamo vagliare tutte le altre vie. Ci tenevo a dirle, signor Griffa, che la sua posizione al momento ci sembra libera. E non le nascondo» Fusco fece un sorrisetto «che per una volta mi sono voluto togliere lo sfizio di essere io a prendervi un po' in giro».

Ci fu un momento di imbarazzato silenzio.

«Bene» disse il Fusco, dopo essersi gustato l'insolito tacere insieme allo zucchero rimasto sul fondo del caffè «io torno al mio lavoro. Buona giornata, signori».

Non appena Fusco se ne fu andato, Aldo si alzò in piedi.

«Massimo, è aperto il bagno?».

«No. Aspetta, vengo e te lo apro».

«Lascia, lascia, faccio da me».

«Sì, così mentre prendi le chiavi del bagno casualmente ti rimane appiccicata alle dita una sigaretta. Nulla. Se vuoi una sigaretta vera te le compri. Capisco che tu non ti ricordi più dov'è il tabaccaio, visto che non ci entri dal secolo scorso, ma se vuoi te lo indico. Oppure ne chiedi una a Pilade».

Pilade, generoso, protese il pacchetto di Stop, ovvero le sigarette più mefitiche della storia del tabagismo. Per tutta risposta, Aldo estrasse di tasca il cilindretto.

«Meglio il profumo di vaniglia» disse, indicando il pacchetto «che il fumo tossico di quell'affari lì. Secondo me le fanno coi gatti morti».

«Ma perché, te invece sei convinto che la roba che è lì dentro sia sana?».

«Sana forse no, ma gradevole di sicuro. Lo so che qui dentro non c'è davvero la vaniglia e che sono solo additivi chimici, e che l'odore che ne risulta è piatto, poco ricco, non naturale. Sembra di fumare l'acqua di colonia, a volte. Ma sempre meglio la profumeria dell'inceneritore. Massimo, ti senti bene?».

Massimo, gli occhi fissi sul trabiccolo fermionico di Aldo, fece lentamente di sì con la testa.

«E allora perché mi guardi in quel modo?».

«Non sto guardando te. Mi è solo venuta un'idea».

«Un'idea riguardo a cosa?».

Massimo indicò il cilindretto.

«Un'idea riguardo a come potrebbero aver avvelenato il russo».

Lentamente, quattro colli provati dall'artrite si protesero verso la sigaretta elettronica.

«Aldo prima ha usato la parola "additivo", parlando del modo in cui aromatizzano il liquido delle sigarette elettroniche» continuò Massimo di fronte al silenzio degli anziani. «A me, per associazione di idee, è venuto in mente che la parola additivo non la sentivo da parecchi anni. E quando la sentivo di solito era associata alla benzina. Ora, ve lo ricordate qual è la cosa che un tempo veniva aggiunta più comunemente alla benzina?».

«Le tasse?» suggerì Ampelio.

«Ho detto "una volta". E comunque sto parlando di

chimica. No, l'additivo più comune usato una volta era un antidetonante, noto come piombo tetraetile».

Silenzio. Non si muoveva un riporto.

«Ora, il piombo tetraetile è un complesso del piombo molto volatile e che può entrare nell'organismo con facilità. È estremamente tossico quando viene inalato, e la cosa è molto subdola perché oltretutto ha un odore caratteristico, ma per nulla fastidioso. Anzi, piuttosto gradevole. Ricorda la frutta lievemente acerba».

Silenzio ancor più fondo, segno evidente che la CIA (intesa come Combriccola Investigatori Anziani) stava facendo due più due. E, inesorabile, la voce di Pilade fece capire che qualcuno era arrivato alla conclusione.

«Ardo, ma per caso il russo...».

Aldo, lentamente, fece di sì con la testa.

«Sì cari» disse solennemente. «Notte e giorno, sempre col suo bel bocchino a portata di mano. Anche fra una portata e l'altra. Cosa ci mettesse dentro non lo so. Però, effettivamente, sapeva di frutta».

«E si sa noi cosa ci metteva dentro!» disse Ampelio, mentre Pilade assentiva annuendo con convinzione. Due più due fa quattro, e il russo l'ha nel sacco.

«Te guarda lì cosa ti vanno a inventa'...» commentò. «Avvelena' una sigaretta. Roba da servizi segreti».

«Davvero, in che tempacci si vive...» si sentì in dovere di chiosare il Rimediotti, rimpiangendo i cari vecchi secoli scorsi quando per ammazzare una persona bastava qualche gagliarda badilata nel cranio.

«Sì, ma aspettate un momento. Non è tutto...».

«Non è tutto, ma è parecchio sufficiente» disse Pilade da sotto in su, mentre Ampelio si alzò in modo garibaldino, puntellandosi sul bastone con orgoglio. «E ora seòndo te cosa si dovrebbe fa', sta zitti?».

«Vi chiedo solo qualche momento di pazienza» insistette Massimo, mettendo le mani avanti. «Non è il caso di prendere decisioni così, su tre piedi. Mi è venuta in mente una cosa, ora mentre parlavate. Io ho il sospetto che questo potrebbe non bastare. Se mi date il tempo di cercare una cosina su Internet e aspettate una decina di minuti...».

E qui Massimo avrebbe voluto dire che, se fossero riusciti a starlo ad aspettare, avrebbe completato l'informazione e avrebbe permesso loro di evitare una probabilerrima figura di merda, ma non ci riuscì. Aldo, che nel frattempo si era alzato anche lui, andò da Massimo e gli mise una mano sulla spalla.

«Massimo, scusa sai, ma intanto che passano gli attimini a me mi si vuota il ristorante. Da ieri mi hanno già disdetto dodici prenotazioni, e visto che si parla di avvelenamento da piombo qualcuno si è anche messo a fare dell'ironia sull'età delle tubature del resort. A parte il fatto che la camera da letto del biecorusso è stata sigillata col nastro rosso e i cartelli della polizia, e io mi sento male a pensare che ci sono degli ospiti, ormai pochi per carità, che tutti i giorni passano in quel corridoio. Io non mi posso permettere che mi vada a puttane anche questo posto. Prima si va da Fusco e prima gli si dice che al russo gli hanno avvelenato la sigaretta elettronica, e meglio è».

Massimo tacque. Di fronte a lui, gli anziani si erano schierati orgogliosi e compatti.

«Ragazzi, cosa vi devo dire. Siete grandi e pensionati. Ci si vede dopo».

Erano passate circa due ore e il bar vivacchiava ancora nell'attesa dell'aperitivo quando Ampelio e gli altri due ritornarono al tavolo sotto l'olmo, Ampelio con un foglio in mano e gli altri due con la rabbia in volto. Aldo, evidentemente, aveva scelto di tornare direttamente al ristorante.

«Eccoci» li salutò Massimo, che si era installato sotto l'olmo col portatile acceso e un panino gigante, che tracimava salmone affumicato da tutti i bordi. «Belle facce che avete. La prossima volta date retta a babbo Massimo, oppure mettetevi il pannolone di ferro, così evitate di farvi inchiappettare da Fusco».

«E te come lo sai?» chiese Pilade, piazzandosi sulla povera seggiolina.

«Perché so che Fusco vi ha detto che i filtri e il liquido contenuto nella sigaretta elettronica del biecorusso erano privi di piombo di qualsiasi tipo».

Ampelio si sedette al suo posto, torvo.

«Te l'hai fatto apposta» sentenziò.

Massimo, masticando, negò scuotendo la testa. Poi, una volta mandato il boccone in cantina, passò all'orale:

«Nemmeno per idea. È che mentre Aldo parlava mi sono reso conto che la cosa era impossibile. Quando uno fuma, o inala, la roba che si mette in bocca si scioglie nella saliva e viene deglutita. Così, vedi?».

Massimo dette un morso gagliardo al panone, lo masticò allegramente e buttò giù.

«Così, se uno fuma anche fra una portata e l'altra, quando poi si mette in bocca qualcosa di edibile» e qui Massimo dette l'esempio staccando un altro morso dal manufatto e continuando poi a parlare a bocca piena «'a sfvaivha shi meshco'a al cshibo, 'edi?».

Quindi, inghiottito il bolo a tutto vantaggio della comprensione, continuò: «Per cui, quando Aldo ha detto che il russo svaporava anche a tavola, ho pensato che era altamente improbabile che qualcuno gli avesse avvelenato il liquido della sigaretta. In questo modo, parecchio piombo si sarebbe dovuto trovare anche nel contenuto dello stomaco, no?».

Mentre Massimo parlava, vide le facce dei vecchi virare dall'arrabbiato al deluso.

«Ah» disse solo il Rimediotti.

«Ah cosa?» chiese Massimo.

«No, è che noi si penzava che il Fusco avesse solo fatto analizzare le fiale di liquido della sigaretta. Non si penzava che ci fosse anche un motivo, per dire così, biologico, ecco».

«Ragion per cui» disse Pilade andando su un italiano forbito, come faceva sempre quando riteneva necessario esporre le proprie linee di ragionamento investigativo «è plausibile supporre che l'avvelenamento non sia avvenuto nemmeno per bocca, tipo con pasticche o gomme da masticare o altro».

«Mah, così a intuito temo di no».

«Allora questo l'ho preso per nulla» disse Ampelio, posando sul tavolo il foglio, con stizza.

«Cos'è?» disse Massimo, smettendo di masticare.

«È l'elenco degli oggetti personali di Gorlucoso, lì» disse Gino, indicandolo con la mano. «Siccome s'era penzato che la polizia poteva essessi scordata di analizza' quarcosa, s'era preso per vede' se c'era roba che si poteva avvelena', in un modo o nell'artro...».

«Scusate, cosa avete fatto voi?».

«Ma nulla» tentò di minimizzare Ampelio «è che mentre s'era lì il Fusco è dovuto uscire un attimino, e mentre era fòri è arrivato questo fax direttamente nell'ufficio. Pilade n'ha dato una sbirciatina e ha visto di 'osa si trattava, e allora...».

«Avete fregato il fax?» chiese Massimo, inorridito.

Pilade alzò la mano, come se volesse giurare sui suoi stessi chili.

«Noi si voleva fotocopiare» disse solennemente. «La fotocopiatrice der commissariato è la stessa che usavo io in comune vent'anni fa. Si faceva veloce. Però de', ir Fusco ti va a rientra' in ufficio propio mentre lo mettevo nella fotocopiatrice, e allora m'è toccato rimpiattammelo 'n tasca. 'Un è mìa corpa nostra se quell'omo è efficiente solo quando va a piscia'».

Subito dopo che Pilade ebbe terminato, all'interno del bar suonò il telefono. Massimo si alzò con estrema lentezza.

Giunto all'apparecchio, lo sollevò in modo delicato e rispose:

«Il BarLume. Non è un buongiorno».

«Viviani?» chiese in modo acido dall'altro lato della cornetta l'inequivocabile voce di Fusco. Massimo respirò a fondo.

«È un fatto, sì. Ma da un punto di vista genetico sono parente di mio nonno solo per il venticinque per cento, che per quanto mi riguarda è anche troppo. La pregherei di tenere conto della cosa, prima di dirmi quello che sta per dirmi».

Ci fu qualche attimo di silenzio, prima che la voce di Fusco risuonasse, ancora più livorosa.

«Circa mezz'ora fa, il comando della Scientifica mi ha avvisato di aver inviato un fax con le informazioni relative agli oggetti rinvenuti nella stanza del Gorlukovich. Questo fax nel mio ufficio non è mai arrivato. Ho sollecitato l'invio e la Scientifica mi ha risposto che mi era stato già mandato, alle sedici e trentadue precise». Fusco sospirò come chi rimpiange i bei tempi delle segrete e della tortura. «Adesso, le ipotesi sono due. O il mio fax ha smesso di funzionare in un arco di tempo estremamente circoscritto, esattamente mentre suo nonno e i suoi compagni di merende erano nel mio studio da soli, oppure...».

«No, la seconda che stava per dire. Ho il foglio che dice qui davanti. La stavo per chiamare io».

«Potrebbe riportarmelo, per cortesia? Vorrei evitare di dover richiamare un ufficio per farmi rimandare il fax e dovergli spiegare che nel mio commissariato circolano liberamente dei vecchi che si sentono in diritto di fregare tutto quello che non è inchiodato al pavimento».

Incredibile, come la voce di Fusco desse l'impressione di avere a che fare con un tappo anche per telefono.

«Non è possibile. Da una moglie puoi divorziare, e lo so. Il babbo lo puoi fare interdire. A patto che tu sappia chi è, certo... e nel mio caso sarebbe un casino, d'accordo. Ma liberarmi di mio nonno non è possibile. E perché? Perché ha il diritto di entrare in un pubblico esercizio. Lui, e quelle altre tre ganasce abusive. Ma dimmi te se è giustizia...».

Dato che l'ultima volta in cui aveva attraversato la pineta Massimo ci aveva lasciato un legamento, per arrivare in commissariato aveva deciso di incamminarsi a piedi lungo la strada principale. Così non doveva fare caso a dove metteva i piedi e poteva dedicarsi al suo passatempo preferito, ovvero parlare da solo. Da qualche tempo, grazie all'avvento della tecnologia, aveva scoperto che poteva farlo impunemente in mezzo alle persone grazie all'auricolare Bluetooth che si era comprato appositamente per evitare di passare per pazzo; purtroppo, dopo averlo comprato, Massimo dimenticava regolarmente di metterselo (anche perché continuava a non possedere un cellulare) e quindi continuava serenamente a passare per pazzo quando si metteva a parlare da solo. Come ora.

Mentre parlava, Massimo camminava più o meno a passo di marcia; e, a causa dell'andatura sostenuta, a un certo punto una folata in senso contrario gli aprì il foglio che teneva in mano, piegato a metà.

Ora, Massimo era in grado di resistere a molte tentazioni: ad alcune con facilità, ad altre meno. Ma una offerta che non era assolutamente in grado di rifiutare era quella di un testo scritto. Di qualsiasi tipo – ingredienti di merendine, istruzioni di macchinari intuitivi, bugiardini di medicinali. Una volta, quando era ancora sposato, la sua ex moglie lo aveva convinto a imbiancare la casa, e per prima cosa si erano messi a proteggere il pavimento con dei giornali vecchi, lui in camera e lei in cucina. Mentre la maiala aveva fatto in trenta secondi, Massimo ci aveva messo circa una mezz'oretta; il fatto è che ogni pagina conteneva almeno un articolo che appariva interessante, e se Massimo incominciava a leggere qualcosa lo doveva finire.

Anche in quel caso, ritrovandosi in mano il foglio aperto, si ritrovò automaticamente a compitare:

«Beauty-case marca Louis Vuitton... crema ristrutturante al coenzima Q10... rimmel marca Helena Rubinstein... fondotinta Shiseido... rossetto marca Guerlain con astuccio in oro... tutta roba che te la regalano... crema idratante... crema defatigante contorno occhi... crema notte... e quanta roba c'è... questa non è una donna, è una tavolozza... Neutrogena Ultra Sheer... fattore di protezione 100... ci credo, son russi... questi si scottano a sentirne parlare, del sole... crema marca NippleNatLook... non ci credo... questo è un fondotinta per i capezzoli... Per cortesia...».

Va bene che Massimo leggeva tutto, ma anche a questo tutto c'era un limite.

Arrivato in commissariato, Massimo venne fermato dall'agente Pardini.

«Il dottore sta conferendo con una persona. Può attendere qui».

Ma, quasi subito, la porta dell'ufficio si aprì, e ne uscì una gran bella donna. O, meglio, una che qualche tempo prima doveva essere stata una gran bella donna. Alta, flessuosa, felina, portamento elegante, con la pelle olivastra brunita dal sole su cui risaltavano due occhi verde acqua. Peccato che un chirurgo dalla mano pesante avesse decorato il petto della signora con due bocce semisferiche palesemente assurde, che rimanevano immobili e indifferenti al ritmo del tacco dodici, e che nel rimpinzare di silicone le labbra avesse ecceduto un tantinello. Un'altra bella ragazza trasformata in mascherone.

Sommando l'aspetto, l'incedere, i vestiti che aveva addosso e il fenotipo decisamente caucasico della signora, non era troppo difficile identificarla.

Mentre Massimo la guardava uscire, chiedendosi se anche le chiappe della signora fossero o meno naturali, l'agente Pardini gli fece cenno di entrare. Cosa che fece, trovando il Fusco in piedi accanto alla scrivania.

«Buongiorno...».

«Buongiorno, Viviani. Prego. Mi ha portato...».

«Ecco qua».

E Massimo porse il foglio al commissario, che lo prese.

«Grazie. Mi scuso di averla fatta aspettare, ma stavo parlando con la vedova della vittima».

«Quella che sembrava un canotto abbronzato, vero? Difficile non notarla».

Mentre Massimo si voltava di nuovo verso la porta, rimasta aperta, Fusco andò a posare il foglio sulla scrivania, accanto al sottomano di pelle.

«Fino all'ultimo, eh?» chiese Fusco, guardando il foglio.

«Come?».

«Fino all'ultimo, intendo, suo nonno e i suoi compagni di merende hanno scambiato questo posto per il loro giocattolo. Guardi, ora no, perché ora sono ancora parecchio incavolato...» Fusco fece una pausa sincera «ma non mi sorprenderei se tra qualche tempo ne dovessi provare nostalgia».

Massimo, continuando a guardare verso la porta aperta con occhi vagamente inebetiti, non rispose.

«Però» continuò il Fusco sedendosi «quasi quasi mi aspettavo che anche stavolta lei mi suggerisse la soluzione, devo essere sincero. Che entrando da quella porta mi dicesse dove era il caso di andare a guardare. Mi dispiace un po', devo dire, rientrare nella normalità...».

«Le dispiace?» chiese Massimo, come risvegliandosi. «Non c'è problema. Ha un attimo di pazienza?».

«E sicché via, anche stavolta s'è imbroccata» disse Ampelio, mentre posava la tazzina.

«S'è imbroccata una sega. L'ho imbroccata» disse Massimo, levandola dal bancone e mettendola nel lavandino. «Voi avete dato il vostro valido aiuto di impiccioni, ma senza babbo Massimo non andavate da nessuna parte».

«Io però vorrei sape' come t'è venuto in mente» disse il Rimediotti, facendo emergere il periscopio da sopra il giornale.

«Semplice. Proprio grazie a voi». Massimo cominciò a caricare il cestello della lavastoviglie. «Mentre andavo da Fusco, ho visto l'elenco degli effetti personali trovati in camera, con tutti i trucchi e la roba della moglie. E c'era questa cosa che mi aveva attirato l'attenzione, ma così, in modo neutro. Poi, quando sono arrivato da Fusco l'ho vista di persona, la moglie».

«Ekaterina Semionova» compitò il Rimediotti, immergendosi di nuovo sotto il giornale. Accanto a lui, Ampelio si sporse a guardare la foto della donna, che compariva accanto a quella del defunto marito in tutto il suo artificiale splendore.

«Mah, seminòva...» commentò. «A me mi sembra parecchio usata. Guardalì quanti tagliandi ha fatto».

«Vedi anche te che c'era qualcosa che non tornava. Cosa se ne faceva, una così scura di pelle, di una crema solare a protezione cento? Doveva essere per forza del marito, no?».

Massimo inserì il cestello nel mostro e premette il pulsante. Dopo che il mostro fu partito, prese una sigaretta e se la accese. Sì, anche se siamo dentro. Oggi, si fa uno strappo alla regola.

«Ma allora» continuò, dopo aver sbuffato una nuvoletta di smog «perché il marito la sera a cena, come mi aveva detto Aldo, era rosso e tutto irritato sul collo e sulle spalle? Come faceva a essersi preso quella razzata, se aveva usato una roba a protezione totale che non userebbero nemmeno i neonati?».

«De', poteva anche dassi che 'un se la fosse data...».

«E invece se n'era data un po' troppa» disse Aldo, avvicinandosi al bancone con indifferenza. «Vedi, se non c'ero io te eri sempre lì a ragionare. E invece t'ho fornito un indizio vitale. E sicché la pelle era rossa per via del piombo?».

«Esattamente». Massimo tolse le sigarette dal bancone, e Aldo tornò a sedersi. «Il piombo tetraetile è uno dei pochi veleni che è in grado di attraversare la barriera cutanea. L'ho scoperto proprio l'altro pomeriggio, su Internet, mentre voi eravate da Fusco. Velenoso, e irritante. Dà rossore e prurito, sul fuori. Sul dentro...» Massimo tracciò una croce nell'aria, e poi la salutò.

«E lei ha confessato così, d'emblée?».

«Esattamente».

Stavolta, a voltare la testa furono in cinque. Mentre la porta a vetri si chiudeva per inerzia, il commissario Fusco si avvicinò lentamente al bancone.

«Esattamente, signori miei. Capita, a volte. Specialmente quando uccidi un cittadino russo che è sospettato di traffico di armi, e che a quanto hai sentito al telefono vorrebbe incominciare a trafficare anche in donne».

Fusco, in risposta alla muta domanda di Massimo, annuì. Massimo andò alla macchina espresso e cominciò ad armeggiare, con le orecchie ritte.

«Allora, a un certo punto decidi che non ne puoi più, e che a tutto c'è un limite. Solo, così facendo ti fai dei nemici. E l'ultima cosa che vorresti è di andare in galera in Russia, dove oltretutto saresti un bersaglio mobile, perché qualcuno degli amici del tuo fu marito potrebbe non averla presa bene. La galera in Italia tutto sommato credo sia un po' meglio. Se io fossi un magistrato, e non lo sono, intendiamoci, ma se io fossi un magistrato in cambio di un po' di collaborazione probabilmente sarei disposto a negare l'estradizione. E anche brigare per ottenere un pochettino di sconto sulla pena, credo. Grazie».

Fusco, dopo aver mescolato il caffè, se lo degustò con cura, nel silenzio. Quindi, posata la tazzina, si alzò.

«Bene, signori. Come sapete, fra qualche giorno verrò trasferito a Firenze. Colgo quindi l'occasione per salutarvi, nella certezza che riserverete al mio successore un trattamento un po' più riguardoso».

«Perché, sennò ci arresta?» chiese Pilade, ridacchiando.

«No» disse Fusco, sorridendo. «Perché siete dei galantuomini, e sapete tutti molto bene come ci si comporta con una signora. Signori...».

E, con un lieve sbattere di tacchi, il Fusco si congedò.

«Una signora?» chiese il Rimediotti, incredulo. «Cioè, il prossimo commissario sarebbe una donna?».

«Così pare» disse Massimo. «E magari, se ha un po' di culo, dovrà trattare solo risse e furti d'auto. Visto che coi sacrifici umani ormai siamo sopra le quote europee, un po' di bonaccia non sarebbe male».

«Mamma mia che robaccia...» disse Pilade, senza specificare se si riferiva al genere di reato o al genere del nuovo commissario. «Via, bimbi, partitina?».

«Vai, è meglio. Gino mòviti, che poi sennò Aldo cià da anda' a lavora'».

«O giù...» disse il Rimediotti. E, piegato il giornale, lo appoggiò sul tavolo.

Il giornale rimase lì, indifferente, mostrando al mondo solo l'inizio della prima pagina, col titolo scritto a caratteri cubitali.

UCCISO COL PIOMBO NELLA CREMA SOLARE

Svolta nel mistero di Villa del Chiostro,
gli inquirenti arrestano la moglie della vittima.

Antonio Manzini

Le ferie di agosto

«Che fai dopodomani?».

Era la quarta volta che glielo chiedeva in meno di un'ora. E per la quarta volta Luca rispose: «Torno a casa». Che significava: sto due giorni coi miei a Como poi finalmente prendo Barbara e me ne vado in vacanza due settimane ad Is Arutas in Sardegna, e mi dimentico gli assegni, i giroconto, le telefonate per gli scoperti, la puzza di aria condizionata e gomma che c'è in questa agenzia del cazzo mista a quella dei vostri profumi da supermercato squallidi e cenciosi come voi.

«Passi Ferragosto coi tuoi?» insisteva Luisella.

«Sì» disse Luca e poi bofonchiò «mi pare evidente».

Poi Luisella si azzittì. Le era toccata la signora Bedetti. Settanta e passa anni di pignoleria condensati in un corpo piccolo e insignificante. E invece aveva tre conti con un ammontare di quasi tre milioni di euro. Era una cliente speciale per l'agenzia numero 14 di piazzale Anco Marzio, Ostia, frazione di Roma, e andava trattata coi guanti di velluto, pure se era estate. Per fortuna quella mattina del 12 agosto era toccata a Luisella. «Salve» disse la cliente. «Restituisco il libretto degli assegni. E mentre aspetto il direttore mi può stampare l'estratto conto?» berciò con la sua vocetta esile e cattiva. «Sia del 5000/13 che del 5263/13 e pure del 5894/13. Mi servono tutti e tre. Grazie».

Davanti alla cassa di Luca invece si presentò Graziano, il meccanico. Luca lo amava. Lo faceva sempre ridere e gli piacevano quelle mani enormi e sporche di grasso con le quali consegnava soldi e depositava assegni. Quelle mani avevano scritto «lavoro» su ogni piega, su ogni unghia e centimetro di pelle. Lavoro, quello vero. Che ti fa sudare, che ti fa venire i calli e le vesciche. Non come il suo. La banca. Numeri e cifre di soldi che non esistono, investimenti su lavori che non esistono, su società che non esistono. Battere al computer, timbrare i libretti degli assegni, emettere un circolare, depositare, cambiare, consegnare denaro e prenderlo, contarlo. Che razza di lavoro era?

«A Luca ma quando annamo in vacanza?» disse Graziano.

«Dopodomani se Dio vuole!» rispose sorridendo il cassiere.

«Senti un po'! Mi guardi se m'è arrivato un bonifico?».

«Quando doveva arrivare?».

«Ieri o l'altro ieri».

Controllò la schermata. Non c'era traccia di bonifico. «Chi te lo doveva fare?».

«Pierpaolo Castroni» rispose il meccanico grattandosi la barba lunga. Altra cosa che Luca non poteva permettersi. Quella di non radersi. Ci provò una volta, e il direttore gli fece una nota. Niente da fare, in banca capelli corti e barba tagliata. Peggio che al militare. Luca odiava il direttore, Turrini. Un pezzo di merda arrivista che pensava solo alla carriera. Lavorava come tre giapponesi e aspirava alla filiale centrale. E Luca gliel'augurava con tutto il cuore, se non altro si sarebbe levato di torno.

«Mi dispiace, Graziano. Niente da fare».

«Sto fijo de na mignotta» disse a bassa voce Graziano «seimila euro de riparazione e pezzi per la BMW e ancora non paga».

«Magari se ti fai dare il cro posso controllare».

«Ma quale cro e cro... quello non paga. E non pagherà mai. Capirai, dopodomani è Ferragosto, e pure venerdì, bene che va io i soldi li vedo a fine mese». Poggiò la mano enorme sul piano della cassa. «Lo sai che ti dico Luca? Meglio un lavoro come il tuo. Mensile assicurato, ferie e malattie pagate. Mica come me, sempre in mezzo a una strada. Ma se rinasco giuro sulla testa di mamma bonanima che nun me fermo alla seconda media!» e guardò alla sua destra, dove la signora Bedetti stava firmando delle carte. «Dico bene signo'?».

La Bedetti si voltò con la bocca che sembrava avesse appena morso un limone e fece sì con la testa tre volte. Poi riprese a firmare. Graziano si infilò la mano in tasca: «Tieni, incassamelo per piacere» e allungò un assegno a Luca. Poca roba, trecento euro.

Luca prese il modulo. Alzò la testa per sorridere a Graziano. Alle spalle dell'omone c'era il vetro dell'uscita di emergenza che dava sulla strada. Assolata, calda, con la gente in shorts e ciabatte che andava su e giù. Un deficiente stava cercando di parcheggiare sul marciapiede una Fiat Multipla blu. «Comunque ringraziamo il Signore che un lavoro l'abbiamo, no?» disse Luca.

«Questo è vero» rispose Graziano. «Pensa a tutti quei poveracci che non arrivano manco a fine mese».

In strada la grossa familiare era salita con le ruote anteriori sul marciapiede. Ma sembrava che la cosa non gli bastasse. «Ma guarda un po'? Ma dove vuole parcheggiare quello lì?» disse Luca.

Graziano si girò. E proprio in quel momento anche le ruote posteriori della Multipla montarono sul marciapiede. Poi all'improvviso l'auto, che sembrava un grosso insetto famelico che aveva individuato la preda, accelerò e puntò dritto verso la vetrina della cassa di risparmio. Il muso sfondò la porta a vetri e la macchina balzò prepotente dentro la banca in una pioggia di vetri. Ruggendo travolse Graziano e cozzò contro il banco di legno della cassa. Luca sentì una botta secca allo sterno e cadde all'indietro. Si ritrovò per terra schiena sul pavimento. In bocca qualcosa di caldo. Bava? Sangue? La testa cominciò a girargli. Vedeva il neon acceso fare girotondo sul soffitto, s'era trasformato in un ventilatore, ma i ventilatori la banca mica li aveva. C'era l'aria condizionata, no? Sentiva passi, rumore di scarpe, ancora grida. Poi chiuse gli occhi.

L'aria condizionata aveva trasformato la stanza del vicequestore Rocco Schiavone in un frigo per alimenti surgelati. Le finestre serrate tenevano fuori il caldo opprimente e il rumore della città. Si percepiva l'odore dolciastro della canna che il poliziotto aveva appena spento nel piccolo portacenere d'argento misto a quello amaro del dopobarba che Rocco centellinava. Era stato l'ultimo regalo di sua moglie. Più di quattro anni fa ormai. Concentrato Schiavone osservava la lettera sulla scrivania. «All'attenzione del vicequestore Schiavone Rocco, presso il commissariato Cristoforo Colombo, EUR. S.p.m.». La prese. Poi tirò un respiro e con uno strappo preciso la aprì.

Un solo foglio. Scritto al computer. Poche righe.

Caro Dottor Schiavone

Chi le scrive è uno riconoscente. Mi sa che le informazioni che tengo sono robba mica tanto felice per lei. Di fatti un collega mi a detto che le cose per lei mica si stanno mettendo bene. Stanno a decidere bene dove la trasferiscono. Sicuro a Roma non ci rimane dottore. Però questo mio collega mi a pure detto che in Sardegna no. E manco in calabbria. Però la destinazione definitiva ancora non esce fuori. Sarà mia cura di dirgliela al più presto. Non appena la so. Un suo amico.

Come al solito non era firmata, ma sarebbe stato inutile. La prosa inconfondibile era meglio di un autografo. L'aveva scritta Gegè Mosciarelli. Che lui aveva fatto trasferire dall'entroterra molisano a Roma dove «teneva la fidanzata». Era davvero uno «riconosciente» perché da quando era a Roma di fidanzate ne aveva trovate altre tre. Gegè Mosciarelli lavorava alla questura centrale e da mesi si dava da fare per carpire informazioni sul destino di Rocco Schiavone. Questa era la terza lettera che gli scriveva. Faceva sorridere il fatto che scrivesse in anonimato, ma Rocco non voleva rovinargli questa atmosfera da romanzo di Le Carré. Gegè faceva del suo meglio e si sentiva un po' una spia oltrecortina inseguito dalla STASI. Solo che informazioni ne dava poche. Eliminare dalla lista entroterra sardo e aspromonte era comunque un passo avanti. Ma dove l'avrebbero mandato? Questa era la domanda che restava inevasa come le pratiche nel suo ufficio. I suoi vecchi colleghi stavano abbottonati, molti gli avevano anche tolto il saluto. Solo un primo dirigente al Viminale, Gerardo Mastrodomenico, in un afflato di simpatia gli aveva spifferato una volta «Caro Schiavone, ringrazi Iddio che non la cacciano dal corpo di polizia. Fosse per me lei a quest'ora dovrebbe stare in galera». Mentre Rocco bruciava la lettera anonima di Gegè Mosciarelli nel portacenere, il telefono squillò. Era la prima telefonata di quel 12 agosto. Era proprio Gerardo Mastrodomenico: «Uè Schiavone, sono Mastrodomenico».

«Felice di sentirla».

«Le tocca uscire dal suo ufficio con l'aria condizionata e andare al mare».

«Odio il mare».

«Fa bene, c'è lo iodio» e si mise a ridere. Era una sua prerogativa. Il primo dirigente del Viminale rideva da solo alle battute che faceva. Se uno voleva fare carriera bastava stargli accanto e sganasciarsi dalle risate per ogni cazzata che quello sparava a squarciagola.

«Senta Mastrodomenico...».

«Per lei dottore, Schiavone. Mica andiamo a pranzo insieme».

Rocco chiuse gli occhi, e stritolò la cornetta: «Dottore. Che cosa dovrei andare a fare al mare?».

«Per la precisione a piazzale Anco Marzio. Rapina in banca. Si dia da fare».

«C'è un bel commissariato a Ostia o l'avete chiuso?».

«Non mi fa ridere».

«Non era una battuta!».

«Ho solo un viceispettore laggiù, e questa cosa non la può affrontare».

«Io invece sì?».

«Lei invece sì».

«Mi faccia capire. Sono un pezzo di merda che dovrebbe finire in galera però ora sono l'unico in tutta la città a poter affrontare la cosa?».

Anche Mastrodomenico tirò un respiro profondo. E probabilmente anche lui stava strizzando la cornetta del telefono. «Schiavone, perché glielo devo ricordare? Lei sta appeso a un filo. È questione di giorni e la sua nuova destinazione le arriverà fra capo e collo. È un attimo, sa? Magari hanno deciso una bella città come Firenze oppure Venezia. Invece lei fa girare i coglioni a un primo dirigente e per magia diventa, che so? Petrizzi?».

«Cos'è Petrizzi?».

«Un paese dell'entroterra calabrese».

«E c'è un commissariato?».

«Lo facciamo costruire apposta per lei». E rise. Da solo. «Oppure preferisce Bucchianico?».

«Questa mi manca».

«Male. È dove sono nato io».

«Sicuro che allora ci sarà una targa commemorativa, dottore».

«Quando imparerà a mettersi l'ironia in quel posto?».

«Impossibile, il locale è già pieno».

«Vada a Ostia a fare il suo dovere. Ricevuto?».

«Forte e chiaro. Mi saluti Bucchianico».

«Vada a fare in culo».

Si alzò dalla sedia e si avventurò fuori dalla sua stanza, l'unica del commissariato ad avere l'aria condizionata. Appena aprì la porta gli arrivò un ceffone bollente in faccia. Il corridoio era peggio di un forno per le pizze. Vuoto e deserto, il 12 agosto il personale era ridotto all'osso. Rocco si piazzò a gambe divaricate e urlò: «C'è nessuno in questo commissariato o lavoro solo io?». Subito da una porta sbucò Elena Dobbrilla: «Dica dottore!».

«Forza, dobbiamo andare ad Ostia».

«C'è pure l'agente Parrillo».

«Per carità! No, vieni tu».

Elena annuì e rientrò velocemente nella stanza per prepararsi mentre Rocco slacciandosi la cravatta si incamminò verso l'uscita. «Sbrigati Elena e niente costume, non andiamo a prendere il sole!».

«Chissà perché ma me l'aspettavo» urlò allegra l'agente Elena Dobbrilla dalla sua stanza.

All'esterno Roma dava il meglio di sé. Il sole incocciava e vetri e cromature delle auto rimandavano i raggi accecando gli occhi. Vapore si alzava dall'asfalto bollente, gli alberelli secchi non muovevano una foglia e il sudore era un adesivo che si attaccava ai vestiti. In cielo non c'era una nuvola e neanche un alito di vento. Elena e Rocco salirono sull'Audi.

«Metti l'aria condizionata al massimo, Elena».

Si immisero subito sulla Cristoforo Colombo puntando verso Ostia. Alle dieci e mezzo il traffico era lento e sonnacchioso. Ma si sa, quella è l'ora antelucana in cui i romani decidono di andare a farsi una giornata di mare.

«Datti da fare Elena, io file non ne voglio fare» disse Rocco accendendosi una Camel.

«Metto la sirena?».

«No. Io odio la sirena. Fammi vedere che hai imparato al corso. Hai dieci punti. Se non fai errori e arriviamo a Ostia con almeno sette punti ti pago il pranzo».

Elena guardò Rocco con aria di sfida, sgasò e l'Audi schizzò sulla Colombo.

Dopo una gimcana di 15 chilometri dove Elena si divertì come una ragazzina al lunapark, l'Audi si fermò proprio davanti all'agenzia 12 di Ostia della Cassa di Risparmio di Trieste e Trento.

Prima di scendere Rocco guardò serio Elena: «Guidi mica male. A parte a Casalpalocco. Hai messo la sirena, quindi hai perso punti».

«Se non mettevo la sirena ci sfasciavamo contro il camion».

«Hai perso punti lo stesso».

«Quanti?» chiese Elena.

«Tre. Quindi sei a sette. Hai il pranzo pagato». E Rocco smontò dalla macchina accompagnato dal bel sorriso della giovane agente.

La piazza della banca era nella parte più antica di Ostia. Quella dove qualche villino liberty aveva retto l'attacco dei geometri del dopoguerra. Che però avevano vinto la battaglia già due strade più indietro, trasformando un vecchio posto di villeggiatura in un orrendo quartiere dormitorio di periferia. Lì dentro, fra i sette piani delle costruzioni, i negozi e le macchine parcheggiate, l'aria di mare spariva come acqua sulla sabbia.

Il caldo era opprimente ma per fortuna il lato del marciapiede della banca era all'ombra. Se la cosa aiutava da un punto di vista climatico, non lo faceva dal punto di vista dell'ordine pubblico. Aiutate dalla frescura dell'ombra, decine di persone se ne stavano ammucchiate curiose tutt'intorno al nastro messo dai poliziotti. Altri stavano affacciati alle finestre o fuori dai negozi. Qualcuno in costume da bagno, chi trascinando il figlio carichi di palette e secchielli, chi col cane erano tutti accorsi come falene davanti a un falò. Un uomo pelato sui 35 anni trotterellò incontro a Rocco. «Schiavone? Sono Astolfi, commissariato Ostia».

«A te devo l'onore?» chiese Rocco. Astolfi rimase in silenzio con la faccia a punto interrogativo. «Dico, a te devo l'onore di questa rottura di coglioni?».

«Mi deve scusare... ma qui la cosa è grossa. Ho chiesto io la sua presenza perché...».

Rocco lo fermò con un gesto della mano: «Astolfi, il fatto che ti debba fare Ferragosto in ufficio non ti dà il diritto di rompere le palle a un tuo collega».

«Ma lo sa che Ostia l'estate triplica gli abitanti?».

«E tu lo sai quanto me ne può fregare? Vabbè, andiamo a vedere che abbiamo».

Attraversarono la zona delimitata dalla polizia. La Multipla blu era ancora dentro la banca. «Poi dice che a Roma non si trovano i parcheggi» fece Rocco e seguito dal viceispettore entrò. Girarono intorno al portellone posteriore che per l'urto si era spalancato. L'auto aveva sfondato il bancone delle casse. Fogli e vetri sparsi dappertutto.

Seduto su una sedia c'era un uomo pallido coi baffi e la camicia slacciata. Accanto a lui un infermiere del 118.

«Al momento c'erano due clienti. Ora sono ricoverati. Graziano Cerveglioni, meccanico, ha il bacino fratturato, l'altra, la signora Bedetti, invece...».

«Andata?».

«No. Coma. Vigile, pare».

Rocco si affacciò all'interno della Multipla. Sul sedile c'erano pezzi di cristallo sbriciolato. I fili dell'accensione spuntavano da sotto il cruscotto coi loro colori sgargianti. Rocco li osservò. Ce n'era uno blu, uno rosso, uno bianco e uno nero attaccato a un altro filo che spuntava dallo stereo. «I cassieri?» chiese.

«Anche loro ricoverati. Luisella Comiso setto nasale rotto, invece Luca Sparta è svenuto. Sterno e clavicole».

«Insomma ha fatto uno strike». Rocco mollò i fili elettrici strappati. «Dov'è il direttore?».

«È quello lì» disse il viceispettore indicando l'uomo pallido seduto sulla sedia con accanto l'infermiere che pompava lo sfigmomanometro. Rocco si avvicinò. I vetri frantumati a terra scricchiolavano sotto le scarpe del vicequestore. «Salve. Schiavone. Mobile di Roma. Ce la fa a fare due chiacchiere?».

L'uomo alzò il viso, aprì la bocca ma non uscì neanche un suono. Rimise la testa giù. Schiavone guardò l'infermiere: «Come sta?».

«Pressione alta. Sotto shock. Io lo porto all'ospedale».

Rocco annuì. Si allontanò dal direttore e tornò da Astolfi: «Chi altri c'era in banca?».

«C'era un altro impiegato negli uffici dietro e la guardia giurata».

«Ci posso parlare o sono svenuti pure loro?».

«No, stanno di là. Ci può parlare».

Rocco fece un cenno a Elena che si avvicinò: «Senti Elena, una cosa importante».

«Mi dica».

«Ho finito le sigarette».

«Ricevuto. Camel?».

Rocco annuì: «Poi vedi di informarti di un ristorante decente in zona. Sul mare».

Elena uscì dalla banca, Rocco attraversò il corridoio. Astolfi lo seguì. «Tu stai di là».

«A fare che?».

«Arrivano i giornalisti, no? Parlaci te».

«E che gli dico?».

Ma Rocco tirò dritto.

L'impiegato aveva passato la trentina e aveva la faccia sveglia e riposata. Bene, si disse Rocco, qualcuno con cui parlare. Perché, a guardare la guardia giurata ridotta peggio di uno straccio per pavimenti, c'era poco da sperare. «Lei è?».

«Diego Malara» rispose l'impiegato. «È successo tutto in un attimo. Io ero di là con le pratiche, ho sentito un botto della miseria e pensavo che fosse scoppiato un tubo. Che ne so? Puoi mica andare a pensare che t'hanno parcheggiato una Multipla in ufficio?».

«No, non lo puoi pensare. E mi sai dire chi ha combinato 'sto macello?».

«No. Non lo so. So solo che le casse erano aperte. Ancora non glielo so dire, ma a occhio e croce manca qualche migliaia di euro. Sono io quello che controlla l'apertura della cassaforte e alle casse avevo dato dodici mila euro in grosso e piccolo taglio. Ora ce n'è sì e no duemila».

La guardia giurata si alzò in piedi. Barcollava. Aveva una pancia a cocomero e saliva ai lati della bocca.

«Lei?».

«Io?».

«Sì, lei» insisté Rocco Schiavone.

«Io non ci ho capito un cazzo. Ho visto la macchina entrare».

«Sì, ma chi c'era in macchina l'ha visto?».

«Uno».

Rocco cominciò a spazientirsi. «Uno. Bene. L'ha visto in faccia?».

«No. Ce l'aveva nera».

«Vuol dire che era un nero?».

«No che era nera. Forse aveva una calza, un passamontagna, e che ne so?».

«Lei è la guardia giurata?».

«Sì».

«E non le è venuto in mente di fare qualcosa? Tipo prendere quella cosa che ha nel fodero e bloccare il tipo?».

«Per mille e cinque al mese?» rispose accarezzandosi l'addome.

Rocco scosse la testa. «Almeno l'avete una telecamera a circuito chiuso dentro la banca?».

Fu l'impiegato a rispondere: «Sì, ma le chiavi ce l'ha il direttore».

«Però...» intervenne la guardia giurata. «È guasta. Lo so perché sono due giorni che ho chiamato i tecnici e ancora non sono venuti a ripararla».

Rocco alzò gli occhi al cielo. «Almeno per millecinquecento al mese ha visto quello che è successo?».

La guardia si concentrò «Sì. È entrata 'sta macchina, no? E da lì è sceso uno con la faccia nera. Che ha fatto questo?».

«Che ha fatto?» chiese Rocco con il filo della pazienza rosicchiato dal tarlo dell'odio e ridotto ormai a meno di un millimetro.

«È sceso, ha dato 'na capocciata secca a Luisella sul setto nasale, no?».

«No che? Gliel'ha data o no?».

«Certo che gliel'ha data, no? Poi che ha fatto 'sto scemo? Ha acchiappato quello che poteva acchiappare, poi è zompato nell'altra cassa, tanto Luca stava sdraiato per terra, no? E pure lì ha acchiappato quello che poteva, no? E poi s'è dato».

«Fine?».

«Fine».

Rocco guardò Diego Malara che allargando le braccia sembrava voler dire «Che le devo dire? Questo ci danno e questo ci teniamo».

«Astolfi, fai una cosa. Rintraccia un po' il proprietario di questa Multipla».

«Già fatto, dottore» rispose il viceispettore. «Mario Mazzarotto. E qui c'è l'indirizzo». E consegnò un biglietto a Rocco. Che sorrise. «Bel lavoro, ottimo, grazie. Tutti i poveracci che 'sta Multipla ha buttato giù? Dove sono?».

«Al Grassi. L'ospedale sta qui vicino. Ce la porto?».

«Resta qui. Me ne occupo io. Buone vacanze Astolfi».

«L'ho già fatte a luglio. Fino a Natale...».

Rocco annuì: «Buon Natale allora».

Poi uscì dalla banca seguito dall'agente Elena Dobbrilla. «Dove andiamo?».

«Che or'è?».

«Quasi mezzogiorno».

«Tu hai trovato un ristorante decente?».

«Così mi dicono, sta verso la rotonda. Si chiama Poisson de mer».

«Poisson de mer a Ostia?» fece scettico Rocco. «Vabbè, prima andiamo da Mario».

L'agente Dobbrilla annuì. «Che sarebbe?».

«Il proprietario dell'auto. Poi il ristorante». Appena attraversarono il marciapiede per salire sull'auto, Rocco si ricordò dell'insana promessa che aveva fatto a Sebastiano e Furio. Di passare il Ferragosto insieme al Circeo. Ma come m'è venuto in mente, si disse aprendo la portiera dell'Audi. Al Circeo poi. Quel monte che si tuffa nel mare, pieno di lecci, ginepri fenici e pezzi della sua vita di prima che ora non c'era più. Doveva disdire assolutamente.

La casa di Mario Mazzarotto era vicino all'idroscalo, dove il 2 novembre del 1975 s'era fermata la vita di Pierpaolo Pasolini. Allora era un luogo abbandonato, pieno di sterpaglie e baracche. Adesso era un luogo abbandonato pieno di cemento e casermoni. Sul citofono del civico 32 una quarantina di cognomi.

«Sì?».

«Signor Mazzarotto?».

«Chi è?».

«Polizia» disse Rocco. E il citofono gracchiò. Poi un buzz e il portone di ferro battuto e vetro si aprì. «Che piano?» urlò Rocco.

«Sesto. Però l'ascensore è rotto».

Rocco grugnì e buttò via la sigaretta.

La salita fu faticosa. Ogni piano aveva sei appartamenti. L'odore era quello del cavolo bollito. Verdura invernale, ma che evidentemente aveva inesorabilmente impregnato l'intonaco del condominio. Sui muri delle scale c'erano graffiti e scritte fatte con le bombolette: «Er secco was here», «lazziale devi morì» poi una sul muro al terzo piano che fece vomitare dalle risate l'agente Dobbrilla. In realtà era un dialogo. Lo si capiva dalle due diverse grafie. Il primo aveva scritto «Donne, lo sperma c'inquina» e qualcuno sotto aveva aggiunto «er cazzo tombola!».

Quando finalmente Rocco raggiunse il sesto piano cominciò a pensare seriamente all'infarto. Il cuore trottava nel petto e le 35 Camel giornaliere gli avevano massacrato il fiato. Elena Dobbrilla invece sembrava appena uscita da un massaggio corroborante. «Porca puttana, non ce la faccio più» ansimò il vicequestore.

«Forza che siamo arrivati. Deve rimettersi in forma, dottore».

Mario Mazzarotto li aspettava sull'uscio dell'interno 41. Era in canottiera e short hawaiani a fiori. Sui 50, barba lunga e capelli pettinati con le miccette. Non aveva la faccia preoccupata. Anzi. Sembrava aspettare due vecchi amici. «Mi dispiace per l'ascensore. È rotto da luglio».

Rocco non rispose. Un po' perché non gli venne in mente niente, sangue al cervello in quel momento ne arrivava poco, un po' perché se l'avesse fatto avrebbe cominciato l'incontro con il piede sbagliato. Elena sorrise: «Un po' di moto fa pure bene».

La casa era piccola. Spoglia. Un covo delle bierre. Pulita, ma sempre un covo sembrava. I muri nudi a parte un calendario di una ditta idraulica. In un angolo del salone c'era la cucina, vuota, solo la moka appoggiata sul fornello. Il salone era un divano a fiori posizionato proprio davanti alla televisione. Il resto dell'arredamento consisteva in una piccola libreria di vimini schiacciata in un angolo. Sopra c'era la collezione di Martyn Mistère e tre soprammobili. Due clown di vetro e una giraffetta africana. Niente tavolo dove mangiare, niente sedie. «Lei è proprietario di una Multipla blu targata...».

Intervenne l'agente Dobbrilla: «ZA 762 HM»: disse leggendo un foglietto.

«La Multipla blu ce l'ho sì. La targa non me la ricordo. Ma perché?».

«Ci possiamo sedere?».

Mario annuì. Il copridivano sintetico a fiori neri e viola era bollente. «Dove dovrebbe essere l'auto?».

«Dove l'ho lasciata ieri sera. Qui sotto proprio».

«Non c'è».

«E lei che ne sa?».

«Perché poco fa qualcuno l'ha parcheggiata in una banca» disse Rocco.

Mario guardò i due poliziotti senza capire.

«Sì. È entrata nella Cassa di Risparmio di Trieste e Trento sfondando la porta a vetri che dà sulla strada».

«O madonna. Ma come...?».

«Forse gliel'hanno rubata e ci hanno appena fatto una rapina. Aveva l'allarme?».

«No. Chi vuole che rubi una Multipla del '98?».

«E invece...» fece Rocco.

«Vi posso offrire un caffè?».

Rocco accettò. Mario sorrise e andò all'angolo cottura. «Ma come l'hanno fatta la rapina?».

«Hanno sfondato il vetro, preso a capocciate un'impiegata, afferrato i soldi e scappati a piedi».

«Con la mia macchina» fece Mario riempiendo d'acqua la macchinetta.

«Già. Le posso chiedere dov'era lei stamattina?».

Mario indicò la porta del saloncino: «A letto. Mi sono svegliato da neanche una mezz'ora. Ieri sera ho fatto tardi. Per tornare in me c'è voluta una macchinetta intera di caffè!». E ammiccò a Rocco. Solo in quel momento Rocco si accorse che Mario Mazzarotto indossava le ciabatte da piscina con il fascione. Lui odiava gli uomini con le ciabatte da piscina col fascione che facevano uscire le dita davanti fin quasi a toccare il pavimento. Gli uomini in ciabatte erano una delle cause principali dell'odio che Rocco nutriva per l'estate in città. Poteva sopportare le infradito ma solo in prossimità di una piscina o in un villaggio greco vicino al mare. In città gli uomini non dovevano mostrare i piedi. Perché i piedi degli uomini lo facevano vomitare. E gli venne subito voglia di pestarglieli quei piedoni sgraziati a Mario Mazzarotto. E vedere se poi se ne sarebbe andato in camera da letto a mettersi dei mocassini o dei sandali di cuoio.

«Lei che lavoro fa?».

«Vendo la roba su e-bay. Cioè metto gli annunci per

la gente che vuole vendere le cose e mi prendo una percentuale».

«Comodo. E ci guadagna?».

«Così così. Prima vendevo i Folletto porta a porta. Ma la mia agenzia ha chiuso».

«Mi fa vedere le chiavi?».

«Della macchina?».

«Bravo».

Mario andò all'attaccapanni vicino alla porta di casa e cominciò a cercare nella giacca di cotone. Non le trovava. «Che strano, eppure... ah, sì, in camera da letto mi sa». E sparì dietro la porta. Elena guardò Rocco. Che rispose alla sua domanda silenziosa: «Curiosità. Invece Elena ma non ti pare una cosa allucinante? Siamo a 100 metri dalla spiaggia e non si sente manco l'aria del mare?».

«Già...» fece Elena.

«Ma devo fare la denuncia adesso?» fece Mario rientrando in salone con un mazzo di chiavi in mano. Le consegnò a Rocco che le prese e le guardò. C'era il logo della Fiat, e il portachiavi con il nome dell'autosalone dove l'auto era stata acquistata. «L'aveva presa nuova o di seconda mano?».

«Di seconda mano. Anni fa. L'avevo pagata sui seimila euro. Aveva solo 70 mila chilometri».

Sembrava un dialogo fra un venditore e un acquirente.

«Grazie. Noi ce ne andiamo. Aveva intenzione di partire?».

«Volevo andare a fare Ferragosto a Santa Marinella».

«Resti a disposizione, signor Mazzarotto. Non sparisca. E non mi faccia fare troppi sforzi per venirla a cercare dovessi avere bisogno di lei».

Lo disse serio e finalmente il sorriso sparì dal viso di Mario, «Il caffè non lo prende?» chiese il padrone di casa.

«Non mi va più. Buona giornata» e detto questo uscì di casa seguito da Elena.

«Perché l'ha odiato?».

«Non l'ho odiato, Elena. Mai essere gentili se si va in giro a cercare uno che ha appena fatto una rapina».

«Ma lui che c'entra poveraccio? Gli hanno solo rubato la macchina».

«Mo' ce ne andiamo al ristorante a mangiare. Ricordi? Ti devo un pranzo».

«Ottimo. E poi?».

«Ospedale. Divertente, no?».

Elena ingranò la marcia e fece un sorrisetto. «Però il caffè lo poteva prendere. È stato gentile, no?».

«No. Non era gentile. Faceva il gentile. Ed è tutto un altro paio di maniche».

«Perché lo dice?».

«S'era svegliato mezz'ora fa. E ha detto che per tirarsi su s'è fatto una macchinetta intera di caffè».

«E che c'è di male?».

«Che se poi prepari un altro caffè con la moka dovresti prima togliere la polvere vecchia e gettarla nella pattumiera, no?».

«Non l'ha fatto?».

«Non l'ha fatto. La caffettiera era pulita. Questo che ti dice Elena?».

«Che il caffè appena sveglio non se l'era preso?».

«Vedi che quando ti ci metti le cose le sai? Ora a mangiare».

Poisson de mer in realtà era il ristorante di uno stabilimento. Tutto sembrava tranne che uno stabilimento. Il pavimento in pietra arenaria nera, i muri color cioccolata e una serie di tavolini grigi rivestiti di una striscia di cotone bianco e un vaso con un'orchidea. Aveva la stessa personalità della hall di un Novotel a Cracovia. Un'enorme vetrata in PVC dava sulla spiaggia. Qui e lì si vedevano spuntare come funghi le teste degli ombrelloni. Che non erano di stoffa, ma di foglie di palma intrecciate. Era la moda dei lidi come Riccione, Rimini o anche Ostia quella di dare un tocco esotico alla spiaggia per cercare di far dimenticare lo squallore di un mare sporco, inutile e tetro come un cielo di novembre. C'erano solo quattro clienti con lo sguardo spaurito. Non deponeva a favore. E infatti. Il solerte cameriere, convinto di essere in forze in un ristorante pluristellato, aveva servito la pasta alle vongole, scotta e piena di sabbia, dentro dei grossi bicchieri da cocktail. Il calamaro ripieno invece in una scatola di legno. Avrebbe fatto migliore figura avvolto in una carta stagnola della Brooklyn, data la sua consistenza gommosa. Il vino imbarazzante e caldo. E mentre pagava i 98 euro del conto, Rocco decise che gli avrebbe mandato i Nas e la finanza. Non necessariamente lo stesso giorno.

Graziano Cerveglioni, il meccanico, era steso sul letto. La moglie accanto a lui aveva il viso pallido e disperato. Non s'aspettava certo di farsi un Ferragosto in ospedale. Nonostante il bacino rotto Graziano non aveva perso il buonumore. «Commissa', che roba, eh? La racconto ai nipoti. Uno va in banca a versare un assegno di trecento euro e viene investito da una Multipla».

«Roba da matti, hai ragione».

«Che poi meno male che non era una Land Rover. Quella con le quattro ruote motrici capace che montava sul bancone e mi stritolava» aggiunse professionalmente il meccanico.

«Mi dispiace. Però se vuoi ti posso dare due belle notizie».

«E me le dia, commissario».

«Prima notizia è che i commissari non esistono più. Mo' ci chiamiamo vicequestori».

«Ah, nun lo sapevo» fece il meccanico.

«E mica eri tenuto. Seconda notizia chiama un avvocato e fai le pratiche perché becchi un sacco di soldi d'assicurazione».

«Dice?».

«Dico. Mi dispiace che passi il resto dell'estate così» disse Rocco e si alzò, subito imitato dalla moglie del meccanico.

«E vabbè. Me riposo commissa'... scusi, vicequestore. Se poi lo prendete quel fijodenamignotta me lo faccia sapere».

«Sarai il primo!».

Chi stava veramente male era la signora Bedetti. In rianimazione, la testa fasciata, le palpebre calate e la prognosi riservata, come usano dire i medici. Non dava segni di risveglio e sua figlia, Lucia Bedetti in Tagliaferri, aveva gli occhi rossi e consumati dal pianto. Continuava a scuotere la testa e i suoi capelli con i colpi di sole tremavano come gelatina. «Non ci posso credere. Se mamma fosse venuta a Sabaudia con me a quest'ora... gliel'avevo detto. Che è tutta 'sta prescia di andare in banca? Vacce dopo Ferragosto, no? Ma niente, non c'è stato niente da fare».

Rocco guardava attentamente la donna. La carnagione color cartone e gli zigomi falsi gli ricordavano qualcuno. «Ma lei non ha un bar a viale Europa?» le chiese.

Lucia Tagliaferri parve riprendersi «E certo. Bar pasticceria La Casina del Lago. Perché? Bazzica?» e lo pronunciò come fosse una parola chic francese.

«Sì, bazzico» rispose Rocco. «Sono Schiavone. Commissariato Colombo dell'EUR».

«Ah, ecco, me pareva una faccia familiare la sua».

«E suo marito?».

«Carlo è rimasto a Sabaudia coi pupi».

«Sua mamma è sposata?».

«Vedova. Papà se n'è andato 10 anni fa. Era suo il bar all'EUR».

«E sua madre ci lavorava?».

«E come no. Viene tre volte a settimana a fare i conti. E a controllare. Ci tiene al bar mamma. E poi come fa i bignè mia madre nessuno guardi, manco Scaturchio a Napoli».

«Pure i cannoli sono buoni» fece il vicequestore.

«Vero. Quelli li fa Carlo, mio marito. Glieli ha imparati un pasticciere di Siracusa».

«Ma i migliori li fanno a Palermo».

«No, a Catania» rispose subito Lucia.

«Palermo, e non ammetto repliche» fece sorridendo Rocco. Lucia rispose al sorriso. Aveva tutti i denti bianchi. O forse sembravano più bianchi esaltati dal colore bruciato della pelle del viso.

«Lei lo sa perché mamma aveva tutta 'sta prescia di andare in banca?».

«S'era fissata che non era buona. Voleva spostare i conti. Ma dico io se lo faceva dopo Ferragosto, ma che cambiava?».

«Niente. Non cambiava niente».

Lucia guardò con attenzione il vicequestore: «Che vuol dire che non cambiava niente?».

«Non ci faccia caso. Pensieri di un poliziotto che non va in ferie. Le faccio i miei migliori auguri a lei e soprattutto a sua madre».

Lucia annuì triste. «Io mo' che faccio?».

«E che deve fare? Crede in Dio?».

«So cattolica apostolica romana, certo che ce credo».

«E allora lo preghi. Magari aiuta».

«Qual è il problema Rocco?» mi chiede Marina. Vuole sapere qual è il problema. Da dove comincio? Che la pasta con le vongole a Roma non la sanno fare? Che per

bere un vino bianco decente devi tirare fuori almeno 30 euro sennò ti fa male la testa tutto il giorno? Oppure il trasferimento? Che devo lasciare questa casa?

«Niente va bene, Marina. Niente». *Otto e un quarto e il sole se ne sta andando giù. I tetti sono arancioni. A Roma non c'è nessuno. A parte me. E Furio. Che dovrebbe già essere qui.*

«*Che dici la vendiamo?*».

«*La casa?*» *mi chiede.* «*Ma sei matto? Ora non è il momento di vendere. Un attico a Monteverde vecchio poi?* Non *cala mai di valore. Tienila* Rocco. *Magari un giorno ci ritorni a* Roma».

Magari. Intanto chissà dove cazzo mi mandano. «*Pensa positivo. Magari finisci in* Toscana, *in mezzo alla campagna*». «Non *credo Marina.* Non *credo proprio. Ne ho le palle piene*».

«*Che vuoi fare?*» *mi chiede.* «*Partire?*».

«Non *mi posso muovere. C'è una rapina. Una è finita in coma*». *Marina queste cose non le vuole sentire. Me lo disse il giorno del matrimonio* «*Il lavoro lo lasci fuori dalla porta di casa, va bene?*». *Certo che mi va bene. Però il lavoro in casa entra lo stesso. C'è entrato lo stesso.* «*Te lo ricordi ancora il giorno Marì?*». *Sorride. Certo che lo ricorda. 7 luglio 2007.* «Non *ce la scordiamo la data vero?*». «No Rocco, *non ce la scordiamo*». *Quant'è rapido il sole a calare. E quant'è caldo d'estate st'appartamento. È il problema degli attici. Freddi l'inverno e bollenti l'estate.* «*Io me ne vado a guardare un po' di televisione*» *fa Marina. Io le sorrido. Me ne andrei a dormire. Ma suona il citofono. È Furio.*

Furio arrivò alle otto e mezza. Si fece il solito drink ghiacciato. «Dimmi un po', dov'è che dobbiamo andare?» chiese sbatacchiando il ghiaccio nel bicchiere di Martini.

«Al deposito. Una cosa non mi torna». Furio si fece un bel sorso. «Al commissariato, a Ostia. Devi dare un'occhiata a una macchina rubata».

Furio annuì. «Perché? Che c'è che non torna?».

«I fili».

«L'hanno fatta partire coi fili? Di che anno è?».

«Del '98».

«Allora hanno fatto contatto come si faceva una volta».

«Sì, ma a occhio mi sembra sbagliato».

Furio si fece una bella risata: «A occhio? Perché quante auto hai messo in moto così?».

«Solo una. Per questo mi serve uno che per anni ha fatto 'sto mestiere».

Furio finì il Martini e posò il bicchiere sul tavolino di cristallo. Si guardò intorno. «La sai una cosa? Ci dovresti mettere un paio di quadri in questo salone. È un po' vuoto. Spoglio».

«E secondo te con due quadri ho risolto il problema?».

Furio lo guardò in silenzio. «Lascia perdere Furio. Lo so che parlavi dell'arredamento. Scusami. Andiamo va».

La Multipla stava nel deposito sotto un lampione alogeno con ancora i cristalli del finestrino sbriciolati sui sedili. Furio li pulì con un paio di manate mentre Rocco saliva dal lato del passeggero.

«E diamo un'occhiata!».

Rocco accese la torcia. E apparvero i fili del cruscotto. «Allora... fammi vedere dallo stereo partono i tre fili, vedi? Rosso è il positivo, blu negativo, il nero è la massa...»

Furio smanettò per un minuto. «Hai ragione Rocco. Bella prova. Lo vedi lo starter sotto al cruscotto? Da qui invece partono quattro fili. Rosso, blu, positivo e negativo, poi ci sono il nero e il bianco che sono le due chiavi. Per farla partire devi unire le due chiavi, nero e bianco, e attaccarci il filo nero dello stereo, la massa, quella che dà la corrente della batteria. Invece qui non è così».

«Infatti» fece Rocco. « Qui hanno unito i rossi e i blu, ma il bianco e nero dello starter sono attaccati a cazzo di cane».

«Esatto. Questa macchina è stata avviata con la chiave. Normalmente. E i fili sono stati uniti per fare un po' di scena».

Il vicequestore sorrise. «Rocco, a saperlo che avevi 'sta manualità anni fa ti portavo con me a fare un po' di belle macchine tedesche».

«A saperlo» disse Rocco e sorrise.

«Questo che abbiamo scoperto stasera che significa sbirro?» gli chiese Furio, mentre l'alogena del deposito gli illuminava una porzione del cranio rasato e lo faceva sembrare un pianeta in orbita nel cielo nero.

«Significa parecchio. Ma soprattutto significa che stanno provando a prendermi per il culo. E la cosa non mi va».

«Dopodomani andiamo al Circeo, te lo ricordi?».

Certo che se lo ricordava. Anche se ne avrebbe volentieri fatto a meno. «Ma perché proprio il Circeo, Furio?».

«Da Saporetti, no? Ci siamo sempre andati».

«Sì, ma era un'altra vita».

Furio guardò l'amico. «Lo so. Però magari ti aiuta. Passiamo una bella giornata all'aria. E ci facciamo due risate a ricordare le cose che abbiamo fatto insieme».

«Quello è il problema. Ricordare, Furio». Gli occhi di Rocco si inumidirono.

«Marina sta sempre con noi» gli disse l'amico stringendogli la mano.

Rocco lo guardò. Ora il pianeta in orbita gli sembrava bagnato, e anche il buio aveva un alone umido. Spennazzò le ciglia e se le asciugò. Furio lo abbracciò forte.

Ad agosto a Roma può succedere che il cielo si gonfi e diventi denso e nero. E l'aria ancora più calda. Tutto si ferma in attesa della pioggia che tanto non arriverà mai. Ci si sente schiacciati da un peso insopportabile, si suda anche a respirare e si prega per un tuono. Così era la mattina del 13 quando Rocco arrivò davanti al civico 20 di via delle Montagne Rocciose, quartiere EUR, residenza del dottor Turrini, al secolo direttore della filiale della Cassa di Risparmio di Trieste e Trento. Non una bava di vento. A parte l'aria smossa dalle automobili.

Gli aprì la moglie Elisa. Bruna coi capelli appena fonati, gli occhi neri, grandi e di fuoco. Magra, asciutta, un seno piccolo che premeva sulla camicetta di Hermès. Si muoveva a scatti facendo tintinnare gli orecchini d'oro. «Benvenuto dottor Schiavone» voce calda e da ex fumatrice. Rocco se la sarebbe scopata direttamente lì in ingresso, sul tappeto bukara. «Mio marito arriva subito. Gradisce un caffè?».

«Acqua, anche di rubinetto grazie». La donna attraversò il salone. Si sapeva muovere sui tacchi da 12 centimetri e il sedere ondeggiava ad ogni colpo d'anca. «Terribile quello che è successo ieri, no? S'accomodi». E sparì dietro una doppia porta. Rocco si guardò in giro. C'era un tavolo di noce e marmo con sei sedie a spalliera alta con accanto un comò antico appena restaurato. Il marmo del pavimento era coperto di bei tappeti persiani e i divani damascati gialli e blu stavano davanti alla finestra con le tende a pacchetto. Una libreria in radica e specchi correva tutt'intorno alla parete di fondo. C'erano tre enciclopedie e una serie dei grandi classici della letteratura tutti in pelle con le scritte in oro. Si vedeva che l'ultima mano che li aveva toccati era stata quella del rilegatore. I quadri erano imbarazzanti. Meglio, non avrebbero stonato a casa di un Diego della Valle o di un Agnelli. Difficile non riconoscere due cavalli di De Chirico e un paesaggio anemico di Schifano. Elisa rientrò con un vassoio d'argento e un bel bicchiere d'acqua sopra. «Si intende di arte?».

«Poco. Ma abbastanza da riconoscere gli autori di questi quadri».

«Sono copie, sa? Ci piacerebbe, ma noi mica ci possiamo permettere cose simili. Però sono fatte molto bene. E si fanno pagare per farli, sa?». E posò il vassoio sul tavolino di fronte ai divani. Poi allungò il bicchiere a Rocco. «Grazie. Suo marito è ancora sotto choc?».

«No, s'è ripreso. Eccolo».

Il dottor Turrini entrò in salone. Fresco di doccia coi capelli all'indietro e un paio di baffoni spioventi. Più basso della moglie di almeno 20 centimetri, 8 se si toglievano i tacchi alla tipa. Ora non era più pallido e spettinato. Ma sorrideva affabilmente. La Lacoste salmone stonava con il suo incarnato chiaro. «Stavate uscendo?».

«Non si preoccupi. Cosa posso fare per lei? Prego, si accomodi».

Si sedettero sui divani. La moglie sul bracciolo accavallando le belle gambe magre e muscolose. «Posso restare?» chiese. Schiavone annuì. «Tanto fra me e mia moglie nessun segreto» rassicurò il direttore.

«Dottor Turrini, le posso chiedere quanto hanno prelevato ieri?».

«Circa settemila euro».

«Settemila, trecento, per essere precisi» intervenne Elisa.

Rocco posò il bicchiere sul tavolino: «Tanto erano soldi assicurati, no?».

«Sì. Certo, subire una rapina non è mai una bella cosa per un direttore di una filiale».

«E cos'è una bella cosa per un direttore di una filiale?».

Turrini poggiò i gomiti sulle ginocchia e incrociò le mani. «Be', che i clienti siano soddisfatti. Che gli investimenti diano i loro frutti. Vede? Io ogni trimestre devo guadagnare più di quanto spenda. La direzione fa i conti e mica è bello essere messo fra i cattivi».

«E creda» intervenne Elisa con la sua voce bassa e sensuale «checché se ne dica, le banche oggi mica guadagnano così tanto. Una rapina certo non è una buona pubblicità. Tempo perso, immagine rovinata...».

«E un cliente in coma» chiosò Rocco.

«Già. Se penso alla povera signora Bedetti».

«Lei sa come sta?» chiese la moglie.

«In coma».

Gli occhi neri di Elisa scattarono di lato, come a voler toccare il viso del marito. Che invece guardò in terra e prese un bel respiro. «E ne uscirà?».

«Difficile a dirsi. Lei parlava di scadenze trimestrali. Quando sarebbe la prossima?».

«Fine agosto. Con precisione il 20».

«Mi faccia fare un calcolo. Oggi 13 è mercoledì. Ferragosto cade di venerdì. Sabato e domenica 16 e 17. Mercoledì è 20. Giusto?».

«Giusto».

Elisa guardò seria il poliziotto: «Perché ci sta declinando il calendario?».

Rocco sorrise. «Pensavo agli impiegati. Una fortuna, no? Che il Ferragosto cada di venerdì. Un bel ponte fino al 18, o no?».

Turrini rise sotto i baffi da messicano. La moglie no. Rimase impassibile. Seria continuava a guardare Rocco. Dai suoi begli occhi passava un messaggio molto chiaro: «Poliziotto, io e te ci capiamo. Dove vuoi arrivare?». E da quelli di Rocco la risposta era altrettanto palese:

«Lontano, amica mia. Molto lontano». Il silenzio che era calato nel salone imbarazzò il direttore di banca. Doveva spezzarlo a tutti i costi. Soprattutto doveva interrompere quell'incrocio di sguardi fra sua moglie e il poliziotto. «Bene, se non c'è altro io dovrei andare in filiale». Rocco posò lo sguardo sul direttore. Aveva la fronte imperlata di sudore. «No. Non c'è altro. Anzi sì. Mi dia per favore l'indirizzo e il telefono del cassiere».

«Luca?».

«Già. L'hanno dimesso dall'ospedale e devo farci due chiacchiere. Nessuna rottura di ossa. Solo una bella botta». Poi guardò Elisa: «Routine...» rispose alla domanda silenziosa. E si alzò.

Mostacciano è un quartiere residenziale sorto alla fine degli anni Settanta attaccato all'EUR. Belle case, belle macchine, tanti alberi. Via Sergio Forti era in salita, piena di buche e con i pini sui due lati della carreggiata. Se a Roma vuoi capire l'agiatezza degli abitanti di un quartiere, basta farsi un giro e cercare parcheggio ad agosto. Se ce n'è è segno che la gente è in ferie e il quartiere è agiato. Se al contrario non noti differenze con dicembre vuol dire che da quelle parti non se la passano tanto bene. Via Sergio Forti aveva più parcheggi che auto. Luca Sparta abitava a piano terra in un monolocale. Aveva anche un giardinetto ma non il pollice verde. C'erano solo graminacee alte due metri e erba secca. Resisteva solo un tronchetto della felicità invasato. Una sdraio mezza sfondata riposava all'ombra di una tettoia di legno. Per terra una tazzina di caffè.

Mentre Rocco osservava quei particolari, il viso di un giovane apparve alla finestra aperta. «Vicequestore Schiavone?» gli chiese.

«Esatto. Che faccio, entro?» chiese Rocco da dietro le sbarre di ferro battuto.

Il ragazzo si guardò alle spalle. «Qui dentro è un mezzo letamaio. Sa, dovevo partire domani e non ho messo a posto. Ce ne andiamo al bar a prendere un gelato?».

«Volentieri» disse Rocco.

Il ragazzo sorrise e chiuse la finestra.

Camminava lento e ogni tanto si portava la mano allo sterno. Luca Sparta se l'era vista brutta. «Ho smesso di vomitare solo oggi all'alba» fu la prima cosa che aveva detto uscendo dal portone. Aveva la cadenza lombarda, infatti era di Como. In attesa del trasferimento dalle sue parti, sopportava in silenzio quell'esilio romano. Tutto quello a cui teneva era su, a Como. I suoi genitori, Barbara e pure quel ramo del lago. Che la sua fidanzata detestava e che lui invece amava con tutto se stesso. Gli mancava talmente tanto che a volte, di notte, ne percepiva l'odore. Così diceva.

«Brutta cosa ieri, eh?» fece Rocco leccando il pistacchio.

Luca annuì. «Terribile. Lei sa come sta la signora Bedetti?».

«Male. Chissà se ce la fa».

«Poveretta».

«Mi dà una mano?» chiese Rocco.

«Volentieri. Se posso».

«Può. Il dottor Turrini...».

Luca alzò gli occhi al cielo. Bene, pensò Rocco. Come sperava, il ragazzo non sopportava il suo capo. «Che tipo è?».

«Basta un'occhiata per capirlo. È un arrogante figlio di puttana. Arrivista e...» si fermò. Stava per aggiungere qualcos'altro. Ma s'era fermato.

«E?».

«E spero in Dio che faccia carriera e se ne vada e mi lasci in pace. Perché a me tocca un altro anno qui a Roma».

«Mi faccia capire».

Luca leccando rapido il suo gelato spiegò meglio la situazione. Turrini era in odore di una promozione, una roba seria. Alla filiale centrale, e sarebbe diventato dirigente. «Lei sa cosa vuol dire diventare dirigenti?» e Luca Sparta enumerò tutti i vantaggi, i benefit e i guadagni dei dirigenti. Appartenere alla «casta» della banca è tutta un'altra vita. «Solo che per fare carriera devi dimostrare che ci sai fare. I rendiconti trimestrali della tua filiale devono far sorridere quelli di su. Devi portare risultati, mica palle».

Rocco annuiva. Luca sembrava anche aver dimenticato la botta allo sterno. Era un fiume in piena. Non amava il suo lavoro, questo era chiaro. Tanto che all'improvviso Rocco gli chiese: «Lei che avrebbe voluto fare da grande?».

Luca che aveva finito il gelato sgranò gli occhi sorpreso: «Perché me lo chiede?».

«Non il bancario».

«No. Le banche non erano nei miei pensieri. Le barche sì. Ho sbagliato solo una consonante, dopotutto» e sorrise. «Barche. Io avrei voluto progettare e costruire barche».

«Da lago?».

Luca sorrise: «No, dopo il Riva non ce n'è per nessuno. No. Parlo di bialberi». Bevve un goccio d'acqua. «Mi fanno male le tempie» disse.

«È perché ha mangiato il gelato troppo in fretta» fece Rocco. «Però un lavoro ce l'ha. Faccia carriera, diventi dirigente, così si potrà permettere una barca e poi se ne va in pensione e se la gode. No?».

«Per fare carriera devi avere pelo sullo stomaco. Io ce l'ho solo sul viso e sulla testa» disse accarezzandosi la folta capigliatura riccia.

«Ti devo fare una domanda delicata» passare al tu era calcolato. Come il volume basso e la voce calda e di petto. Tutto serviva a creare un'idea di intimità per indurre la persona ad aprirsi e aiutare le indagini.

«Mi dica» fece Luca avvicinandosi con il busto al vicequestore.

«Perché la signora Bedetti era in banca ieri?».

«Non lo so. Aveva chiesto gli estratti conto, questo me lo ricordo, e poi doveva vedere il direttore».

«Chissà perché».

«Io credo che se ne volesse andare. Minacciava di farlo da tempo».

«Senti, lo so che questa cosa non me la puoi dire, ma aiuterebbe. Quanti soldi aveva la signora Bedetti?».

Luca sorrise: «Sarebbe un'informazione riservata».

«Quella donna è in coma e forse non ne uscirà più».

Luca annuì: «Rimane tra lei e me?».

«Tra te e me».

«Duemilioni e ottocento mila e rotti».

«Porca...» disse Rocco. «Rendono i bar, eh? Sei stato di grande aiuto, Luca. Vedrai, me ne sarai grato».

«E perché?».

«Vedrai».

Il cielo era ancora nero. Lontano si sentì un tuono. Ma l'aria era secca e le rondini volavano alto. C'era poco da sperarci. Non avrebbe piovuto. Rocco e Furio erano seduti davanti al fontanone sul Gianicolo. Roma si stendeva come un tappeto colorato davanti ai loro occhi. I tetti, le cupole e la pesantezza del marmo bianco del palazzaccio e dell'altare della patria. Le montagne lontane non si vedevano coperte dalla foschia calda di un 13 agosto da cani. I gabbiani nel cielo percorrevano sempre le stesse linee. Puntavano a tutto i gabbiani. Pattumiera, resti di cibo, topi, cadaveri. «In America ci sono i condor, a Roma abbiamo i gabbiani» disse Furio osservandoli. «Lo sai che me ne viene uno ogni mattina a rompere i coglioni sul davanzale?».

«Da me vengono i piccioni» rispose Rocco.

«Perché stiamo qui?» fece Furio. «Non era meglio a casa mia?».

«Ti va di fare un lavoretto? Dieci minuti».

«E quanto ci guadagno?».

«Settemila trecento euro».

«Per dieci minuti ci sto. Di cosa si tratta?».

«Ti do un indirizzo. Via Vasco de Gama. Al 32. Casa di Mario Mazzarotto».

«Ce li ha lì?» fece Furio accendendosi una sigaretta.

«Credo proprio di sì. Lasciane 500 come corpo del reato. E giacché stai lì fammi un altro favore. Vacci mentre dorme e prendigli pure il cellulare».

«Ricevuto». Furio si alzò, fece due passi verso Trastevere, poi si voltò. «Domani però andiamo al Circeo».

«Sicuro».

«Vieni con Elena Dobbrilla come a Capodanno?».

«Ho un altro programma, se ci riesco».

Fu solo alle tre di notte di quel 14 agosto che il cielo si aprì e in meno di dieci minuti scaricò sulla città tonnellate di acqua. All'alba il sole era già pronto ad arrostire la capitale e la frescura notturna subito evaporò. Furio arrivò a casa di Rocco con i cornetti caldi e la faccia di chi non ha chiuso occhio. «Settemila euro. Trecento li aveva già spesi mi sa» e mostrò le banconote da 500 nuove di zecca a Rocco. Poi si mise la mano in tasca: «E questo è il cellulare». Un vecchio Nokia ancora acceso. «Ha chiamato tre volte il tipo ma non ho risposto». Rocco sorrise. «Ah, un'altra cosa. Il cretino s'è portato a casa una fascetta che teneva i soldi con il nome della banca. L'ho lasciata lì in bella evidenza». I cornetti erano caldi. Rocco si pappò quello alla crema. Poi se ne andò sotto la doccia. Furio invece gli chiese se si poteva allungare nella stanza degli ospiti. «Fai pure. Quando vai via tirati la porta».

Entrò nella stanza del commissariato che non erano ancora le otto, ma De Silvestri era già lì seduto che l'aspettava: «Dottore, ho fatto presto come mi ha chiesto. Poi fra una mezz'ora parto. Raggiungo mia moglie a Terracina» gli disse allungandogli la cartella. «Qui dentro c'è tutto».

«De Silvestri, sei una cosa meravigliosa!» e afferrò la cartella. L'anziano agente si alzò lasciando Rocco con il naso dentro i documenti che gli aveva portato. Sorrideva, De Silvestri, perché lo sapeva che dentro quelle carte c'erano buone notizie per il vicequestore Rocco Schiavone. Si bloccò sulla porta: «Ci aveva azzeccato, dottore. Questo mese il coglione sarebbe stato promosso». E sparì chiudendo piano la porta.

«Mario non mi devi mai chiamare su questo numero, cazzo!» grugnì il dottor Turrini seduto nel suo ufficio della banca mentre due operai stavano ricostruendo il bancone di legno e la cassa. Dall'altra parte nessun suono, nessuna voce. «Mario?». Fu allora che il dottor Turrini alzò lo sguardo e sulla porta vide il vicequestore Rocco Schiavone in piedi con un vecchio cellulare in mano. «Funziona ancora bene st'affare. I Nokia sono i migliori, secondo me».

Turrini diventò più bianco della Lacoste che portava abbottonata fino al collo. Stirò un sorriso. «Dottor Schiavone». Rocco avanzò di due passi e si sedette davanti al direttore della banca. «Allora mi dica se sbaglio. Cosa ha scoperto il mio solerte agente De Silvestri, in forza alla polizia dal lontano 1980?».

«Cosa?».

«Lei e il signor Mario Mazzarotto, che al momento grazie al giudice Pierannunzi i miei stanno traducendo a Rebibbia, vi eravate conosciuti nel 1974 al liceo Socrate alla Garbatella. Mario Mazzarotto fu bocciato al terzo anno. Ma siete rimasti in contatto. Almeno secondo quanto dice questo bel foglietto qui». E mostrò una carta fotocopiata al direttore che aveva la fronte fradicia di sudore. «È una denuncia del 1980. Lei aveva 20 anni e insieme a Mario Mazzarotto e ad altri tre giovanotti era stato beccato con qualche grammo di fumo in più. Errori di gioventù, vero?».

«Questo che significa?».

«Parecchio. Anche perché sul cellulare di Mario il suo numero è memorizzato sotto il nome di Carciofone. L'ho appena chiamata. Perché Carciofone?».

Il direttore alzò le spalle. «Carciofone. Eravate amici, vero? Ecco che avete combinato. Mazzarotto campava di espedienti, e questo lei lo sapeva. Dice che vende la roba su e-bay. Ma in realtà ricetta roba rubata. E anche questo lei lo sa. Lei aveva bisogno di una cosa: fermare la signora Bedetti. E mi dica se sbaglio».

«E perché avrei dovuto?».

«Perché lei aveva saputo che il giorno 12 la signora avrebbe chiuso i suoi conti e portato quasi tre milioni di euro da lei investiti in un'altra banca. Solo che il trimestre scadeva. Una brutta macchia sul suo curriculum, no? Che gli dice a quelli di su? Ora che lei è lì lì per essere promosso in centrale? Macchia incancellabile». Turrini si limitava a guardare Rocco con gli occhi attenti. Sembrava non respirasse più. Il vicequestore proseguì: «E allora ha pensato: la signora arriva il 12 che è mercoledì. Bastava tener duro fino al venerdì e la cosa era risolta. Perché venerdì è Ferragosto, mi corregga se sbaglio». Turrini non lo corresse. «E così se lei le avesse impedito il trasferimento e l'avesse rimandato a dopo Ferragosto, diciamo lunedì, che se non sbaglio è 18, insomma era fatta. Poi fra la rapina, la polizia, le indagini teneva chiuso un paio di giorni e a lei in realtà bastava e avanzava. Perché il 19 preparava i conti per la centrale e zac! Il gioco era fatto. La signora Bedetti poteva anche venire il 20 e cambiare banca. Tanto sulle rendicontazioni il passaggio sarebbe arrivato al prossimo trimestre, e lei magari già era su a parlare coi capi. Fin qui tutto chiaro?».

«Lei è pazzo. Però ha una bella immaginazione».

«Sa cosa vi ha fregato? Le chiavi. La Multipla aveva i fili fuori dal cruscotto, per fingere il furto. Sa come si fa, no? Un contatto e parte. L'ha visto in parecchi film. E pure Mario lo sapeva. Era un bell'alibi. Usare la macchina di proprietà del rapinatore per il colpo. La polizia mai lo andrebbe a pensare. Ma i fili stavano lì solo per fare scena. La Multipla è partita con le chiavi. Normalmente. Chiavi che Mazzarotto deve aver perso. Perché quando me le ha mostrate mi ha dato delle chiavi nuove con ancora il portachiavi dell'autosalone. Chiavi nuove per un auto del '98? Non quadra. Erano i doppioni, su questo ne sono sicuro. E così il mio cervello ha cominciato a lavorare. E sono arrivato fin qui». Lo guardò serio. «Stanno arrivando, dottor Turrini. Ci tenevo però a dirle che lei dovrà anche rispondere di tentato omicidio. Speri vivamente che la signora Bedetti esca dal coma. Altrimenti vent'anni non glieli toglie nessuno. A lei e al signor Mazzarotto. La saluto. Carciofone». E detto questo si alzò lasciando entrare l'agente Elena Dobbrilla e Parrillo pronti a portarsi via il direttore della banca.

Doveva chiamare Graziano il meccanico e avvertirlo che il fijodenamignotta che gli aveva rovinato l'estate in realtà erano due e che se il suo bacino si sarebbe rimesso a posto le ossa di Mazzarotto e Turrini invece ci avrebbero messo un po' di tempo prima di aggiustarsi. E poi avvertire anche Luca Sparta al quale, anche senza promozione, aveva tolto il direttore dalle palle definitivamente.

Elisa Turrini aveva pianto tutte le sue lacrime. Rocco era lì, seduto sui divani damascati gialli e blu, e aveva messo su la faccia triste di chi comprende la situazione e compatisce una povera donna caduta in un gioco più grande di lei. «Daniele… io mai l'avrei pensato» disse Elisa pulendosi il naso con un kleenex. «Come faccio adesso?».

«Se vuole le consiglio un buon avvocato. Un penalista di grido. Magari qualche anno glielo abbona a suo marito».

«La mia vita rovinata in un attimo. Ma perché ha fatto questo?».

«Arrivismo? Avidità?» e la guardò. Recitava da dio Elisa, su questo non c'erano dubbi. «Lei non ha mai avuto il sospetto di tutto questo?».

«Io? Mai!» disse sgranando gli occhi grandi e neri. «Fra l'altro le devo dire la verità. Le cose fra me e mio marito da tempo non andavano più così bene».

Troia, pensò Rocco.

«A dirla tutta stavo seriamente pensando a una separazione, magari momentanea... ultimamente era cambiato. Sempre con la testa al lavoro».

Rocco la osservò. Avrebbe voluto dirle: lo dominavi come una marionetta, Elisa. Solo che ti sono scappati i fili dalla mano.

Ma non era venuto in visita per fare a pezzi la donna. Non gli interessava. La meta era un'altra. Difficile, lontana, ma possibile. Almeno questo lo percepiva. Sferrò l'attacco finale. «Lei ha bisogno di un po' di distrazione, Elisa. L'attende un periodo molto duro».

La donna annuì.

«Ha qualche parente qui a Roma che le può dare una mano?».

«Lei è un gentiluomo a preoccuparsi per me».

«Chiamami Rocco».

«Rocco, grazie, ma no. Non ho parenti. I miei sono tutti su a Bologna».

«Che a Ferragosto è calda come un ferro da stiro e in più non ha il mare».

«Già». Elisa sorrise. Aveva dei denti candidi che si accoppiavano con la lucentezza delle perle che portava al collo.

«Senti cosa ti propongo Elisa. Tu domani te ne vieni con me a pranzare nel migliore ristorante del Circeo. Io e un paio di amici carini con le loro fidanzate. Mi sento un po' responsabile di quello che ti è capitato. Dammi la possibilità di alleviare un po' il senso di colpa».

Elisa sorrise. E Rocco proseguì. «Non credere che mi faccia piacere distruggere la vita della gente. È il mio lavoro. E sai? A volte ne farei proprio a meno».

«Lo so che tu non hai colpa Rocco».

E ci mancherebbe, pensò il vicequestore.

«Ma forse è un po' sconveniente per me venire con te dopo che...».

«E tuo marito? Non è stato sconveniente a fare tutto quello che ha fatto lasciandoti così? In questo, passami il termine, mare di merda?».

Come se tu non lo sapessi Elisa, avrebbe voluto aggiungere.

«Mi sentirei in colpa. Dico, lui dentro e io al mare».

«Lui si è sentito in colpa quando ha progettato tutto con quel Mazzarotto?».

«No».

«Lui ha calcolato il rischio di lasciarti in mezzo a una strada in lacrime?».

«No. Lui mi ha... lui non mi ha mai chiesto un parere».

«Lui ha mai pensato al tuo futuro? Lo sai come lo aveva memorizzato Mazzarotto a tuo marito sul cellulare? Con quale soprannome? Trombador!».

Elisa sgranò gli occhi. «Trombador? Non Carciofone?» chiese.

Ahi ahi Elisa, passo falso, pensò Rocco, passo falso. Ma se ne fregò. «No. Trombador. E secondo te che significa?».

«Una cosa brutta».

«Che quantomeno le altre donne le guardava. Sempre se si fermava lì».

«Ne ho sempre avuto il sospetto». Poi la donna puntò gli occhi su quelli di Rocco: «Io verrei volentieri. Ma non credo che...».

«Tanto Daniele per i prossimi giorni non si muove. Facciamo un bel pranzo all'aperto, mangiamo cose divine davanti al mare e chissà se per un giorno dimentichi questa brutta storia. Poi il 16 agosto vedremo che succede».

«Rocco, ma tu... non sei sposato?».

Un'ombra passò sugli occhi di Rocco. «Ti passo a prendere alle 10?».

«Mi... mi porto il costume da bagno?».

Rocco annuì.

Il pranzo da Saporetti era stato degno di un dio e lo aveva aiutato a sopportare i ricordi che affioravano presuntuosi ad ogni angolo del ristorante e della spiaggia. Sebastiano Furio Adele e Myriam avevano bevuto e riso alle lacrime. E come sempre avevano fatto la solita gara della caccia alla strega. Che viene meglio quando hai scolato la terza bottiglia di bianco. «Chi vede per primo il profilo della maga Circe?». E come ogni anno tutti a scrutare il promontorio sul mare per scoprire dove si nascondesse l'antica abitante del monte Circeo: ora sul profilo della vetta, ora giù in basso vero il mare fino alla torre paola. Ognuno la scorgeva in un posto diverso, come sempre, come ogni anno. Ma si sa, le maghe come i fantasmi tendono ad apparire nei posti più disparati e soprattutto non rispondono alla logica terrena della gente viva. Mentre il sole tramontava sul mare, Rocco ripensò a tutte le estati che aveva passato lì, nell'altra vita. Estati che non sarebbero più tornate. Come non sarebbe più tornata Marina. Steso sul lettino ascoltava il respiro del mare mentre Furio raccontava una barzelletta di guardie e ladri. Rocco si voltò. Marina era lì, stesa sul lettino accanto al suo. Lei si girò, si tolse gli occhiali da sole e lo salutò col suo sorriso dolce e lontano. Rocco le fece l'occhiolino. Poi chiuse gli occhi. E rimase col profumo di sua moglie nelle narici. Avrebbe voluto fermare quel momento. Ma sentì un respiro accanto a lui. Elisa bagnata e con la pelle d'oca s'era seduta sul suo lettino stringendosi le spalle. «Posso stendermi accanto a te?». Rocco annuì dandole il suo asciugamano. Il corpo in costume da bagno della moglie del direttore era freddo e perfetto come quello di un pesce. La vita andava avanti lo stesso. Spietata e inutile come quei giorni d'agosto. L'ultimo che forse avrebbe passato a Roma.

L'ennesima onda si abbatté sul bagnasciuga. Un altro respiro. Poi un altro. E un altro ancora...

Francesco Recami

Ferragosto nella casa di ringhiera

La corte della casa di ringhiera era deserta, nella canicola estiva. Gli appartamenti erano tutti vuoti, non c'era proprio nessuno. In quella serata umida e caliginosa, l'unico segno della collettività umana era una sommessa e confusa risonanza di apparecchi televisivi accesi, rumore di fondo che proveniva dalle finestre aperte di alcune case del circondario.

In quel giorno di Ferragosto il solo inquilino rimasto era il Luis De Angelis, che nei mesi estivi, come d'altronde negli altri, non si muoveva mai. Non disponeva di molte risorse economiche e quelle poche che aveva, la pensione, più qualche risparmio ormai in gran parte eroso, gli sfuggivano dalle mani a causa di un acquisto che gli era costato un bel po' e che continuava a costargli di giorno in giorno: la sua BMW roadster Z3 3.2 24 valvole, una bomba da 250 chilometri all'ora, veicolo che raramente viene guidata da un signore di 83 anni, come il Luis.

Cercava di utilizzare quel mostro il meno possibile, dati gli elevatissimi consumi di carburante, per non parlare del costo a chilometro, un complesso parametro che il De Angelis aveva studiato accuratamente e che comprendeva valori come quello della polizza assicurativa, dei consumi di olio ecc., e la svalutazione dell'oggetto, una variabile che si tende a dimenticare ma se una macchina si svaluta di 8.000 euro l'anno, praticamente è come se ti costasse 666 periodico euro al mese, oltre a tutte le spese vive. Per esempio i pneumatici: quanto sarebbe costato un treno di gomme nuove con profilo ribassato? Non voleva nemmeno pensarci. Ma era tale la soddisfazione di mettere in moto quella spider e di aggirarsi con essa per le strade di Milano, che avrebbe rinunciato a nutrirsi, pur di mantenerla.

Per la serata di quel 15 agosto si era organizzato, sfruttando la circostanza che il condominio di ringhiera era praticamente tutto per lui. Per prendere il fresco – fresco si fa per dire, alle nove di sera c'erano ancora più di 30 gradi, con una umidità relativa del 90% – aveva portato la televisione sul ballatoio, utilizzando un carrello TV degli anni Settanta che non aveva mai ritenuto di dover sostituire. Nel ripiano inferiore del carrello c'era anche un vecchio videoregistratore VHS, tuttora funzionante. Il De Angelis possedeva un certo numero di videocassette, una bella collezione di classici, quelli che un tempo si trovavano a poco prezzo allegati a certi quotidiani, come «l'Unità», che se non era per la videocassetta lui non avrebbe mai comprato, così come nel caso della «Stampa» o dell'«Espresso».

Quella sera aveva scelto «Il vedovo», un film della fine degli anni Cinquanta di Dino Risi con Alberto Sordi, ambientato a Milano. Il Luis quel film lo aveva visto quando era uscito, al cinema Arcadia, dalle parti di Porta Romana, ma forse si sbagliava. Comunque lo riteneva adattissimo per una serata di mezzo agosto: «*Marchese Stucchi!*».

Aveva portato sul ballatoio anche la poltrona e una bottiglia di birra Dreher. Che cosa si poteva desiderare di più? Senza contare che dalla ringhiera poteva, bastava affacciarsi, dare un'occhiata alla sua BMW posteggiata lì sotto, al centro della corte, nella sua piazzuola riservata. E la BMW argentata se ne stava lì, acquattata e tranquilla, fedele.

Non era un bello spettacolo il De Angelis in canottiera e pantaloni corti, se ne rendeva conto anche lui, ma tanto... nella casa di ringhiera non c'era nessuno.

Non c'era nemmeno la signorina Mattei-Ferri, la zabetta del condominio, che sul fatto che qualcuno guardasse la televisione a tutto volume in ambienti di uso collettivo avrebbe avuto senz'altro qualcosa da dire. Non c'erano il Consonni Amedeo e la Mattioli Angela, che dopo quello che era successo nei mesi precedenti avevano deciso di prendersi un periodo di ferie, chiamiamole così, in una località sconosciuta della Svizzera italiana. Non c'era neanche il Giorgi Claudio, né il signor Antonio, signore per modo di dire. C'erano soltanto i peruviani, quelli chi li smuoveva di lì, ma erano gli ultimi a cui il rumore avrebbe dato fastidio.

De Angelis era un po' sordo per cui teneva la televisione a volume molto alto, ma in quei giorni se lo poteva permettere. Nessuno si sarebbe lamentato. Per cui si era creata una certa atmosfera, fra l'alto volume, le voci amplificate e distorte di Franca Valeri e Alberto Sordi, il bianco e nero, pareva di essere in una proiezione parrocchiale estiva degli anni Sessanta. Se a questo si aggiungeva quell'anziano signore, con la birretta in mano, in canottiera e ciabatte, la scena assomigliava ad una accurata ricostruzione cinematografica, che al produttore sarebbe costata un sacco di soldi e invece lì era già bella e pronta. Fra l'altro i muri della casa di ringhiera erano consunti e scolorati, probabilmente non erano stati rinnovati da una trentina d'anni, sembrava un'ambientazione ben riuscita fatta a Cinecittà. Anche l'apparecchio televisivo trascinato sul ballatoio era un oggetto d'epoca, con un assai voluminoso tubo catodico.

Dunque era tutto originale, forse l'unico particolare che stonava un po' era la BMW giù nella corte, un prodotto della seconda metà degli anni 2000, ma che a pensarci bene riprendeva le linee dei roadster anni Cinquanta e che quindi andava benissimo, nel contesto.

Dopo un primo momento in cui la televisione faceva difficoltà arrivarono le immagini, ovverossia il commendator Nardi (Alberto Sordi) e il marchese Stucchi (l'attore Livio Lorenzon) che passeggiano nella serata estiva.

De Angelis si svaccò sulla poltrona, un po' sudato, il film lo conosceva quasi a memoria.

«*Cosa fai cretinetti, ridi nel sonno?*».

Arrivarono i titoli di testa.

I primi minuti del film passarono nell'attesa della battuta preferita, il bello di queste videocassette è che non c'è la pubblicità. Il caldo era asfissiante, ed eccoci al punto, compare Lambertoni.

«*Ma cosa fa chì a Milan con stu caldu?*».

De Angelis rise come la prima volta che l'aveva sentita, forse di più, e buttò giù un sorso di birra. Riconosceva i luoghi della Milano a lui cara, la torre Velasca, appena costruita, piazza San Babila, che a quei tempi era una bella piazza.

Alberto Sordi sulla Flaminia (della moglie) arrivò alla banca e lì trovò un altro creditore che gli faceva la posta davanti all'ingresso: «*Ma cosa fa chì a Milan con stu caldu?*». Anche a lui. Mentre al commendator Nardi veniva comunicato che il credito gli sarebbe stato concesso solo se come garanzia ci fosse stata anche la firma della moglie, la ricca Elvira Almiraghi (Franca Valeri), De Angelis avvertì che sul ballatoio stava arrivando qualcuno. Chi era, gente che protestava per l'alto volume?

Improvvisamente gli si parò di fronte una visione, temette di avere le allucinazioni. Davanti a lui c'era una ragazza bionda seminuda, alta un metro e novanta ma nonostante questo formosissima, una modella, abbronzata, con i vestiti in brandelli che la rendevano ancora più nuda. Una donna così non l'aveva vista neanche al cinema. Indossava una minigonna che se non se la fosse messa si sarebbe visto di meno, ai piedi portava dei sandalini estivi con dei tacchi vertiginosi.

La ragazza si bloccò davanti a lui, non sapendo bene che fare, aveva il fiatone e si capiva che stava passando un brutto quarto d'ora. Lui la guardò impressionato e stregato.

«Mi stanno inseguendo e se mi trovano mi uccideranno! La prego, mi aiuti... c'è un posto qui dove mi posso nascondere?».

La ragazza era straordinariamente bella, ma anche un bel po' stravolta. Droga? Oddio signur, pensava il De Angelis, che non si era ancora mosso dalla poltroncina, forse perché si vergognava della sua tenuta estiva.

«Ma io... uccideranno? Ma cosa sta dicendo?».

«Presto, presto, quella è gente che non scherza» e la ragazza si gettò all'interno dell'appartamento numero 5 accendendo le luci.

«Ma cosa fa, cosa fa, non accenda le lampadine che poi mi entrano tutte le zanzare... si fermi... dove va? Cosa fa!».

Il Luis dovette alzarsi dalla poltrona e seguì la ragazza nell'appartamento. Quella pareva una furia, era andata in cucina e aveva preso in mano il coltellaccio da roastbeef.

«Mi vogliono uccidere perché io so tutto, capisce? Ma io piuttosto mi ammazzo, o ammazzo il primo che mi capita sotto!».

Egli si impaurì, il primo che le sarebbe capitato sotto era lui.

«Ma signorina, stia calma, che cosa è successo?».

Anche da lì si poteva sentire il forte volume della televisione: «*Ho sposato un cretino e me lo tengo!*» diceva Franca Valeri.

Oddio, ma proprio stasera doveva succedere una cosa del genere, pensava il Luis, proprio stasera che non c'è l'Amedeo. Lui avrebbe saputo come comportarsi, lui di queste cose, crimini e minacce, se ne intendeva. E non c'era neanche la Mattei-Ferri, che a quest'ora avrebbe già visto e capito quello che c'era da capire e che si faceva i fatti suoi, per meglio dire quelli degli altri, ma che in casi estremi avrebbe potuto essere d'aiuto, se non altro per chiamare la Polizia.

«E se chiamassi la Polizia?».

«Ma lei è pazzo? Sarebbe come dirgli dove sono, sono loro che mi cercano!».

«Ma come, è ricercata dalla Polizia?».

«Ma no, sono gli altri, però la Polizia li avvertirà, presto, mi nasconda... La mia vita è nelle sue mani... So delle cose che... presto, mi salvi!».

«Oh signur di un signur... Che cosa devo fare...».

Luis si guardò intorno e vide che sulla consolle nell'ingresso c'erano le chiavi dell'appartamento della signora Angela, assente perché in vacanza col Consonni. Gliele aveva lasciate così, per ogni evenienza.

«Prenda queste» disse alla ragazza «e scappi là nell'appartamento 2, ma non fiati, non accenda le luci, non tocchi niente! È della signora Mattioli!».

La ragazza artigliò le chiavi e nel giro di quattro secondi aveva già aperto il portoncino col numero 2 ed era penetrata all'interno.

Nel momento in cui Sordi diceva: «*Apro il gas!*» e la Valeri gli rispondeva: «*Tanto a te cosa costa, la bolletta la pago io!*», nella corte della casa di ringhiera entrò una automobile blu di grossa cilindrata.

Dall'auto uscirono quattro persone indemoniate, uomini ben vestiti che con grande professionalità, come una macchina da guerra, presero a setacciare tutti gli spazi comuni, le scale, i ballatoi, gli antri più remoti. Luis si era ributtato esanime sulla poltroncina davanti al grosso televisore, tentando di far finta di niente, era tutto sudato e la canottiera era fradicia. In un attimo furono da lui. Ma quelli, in giacca e cravatta, non avevano caldo?

Uno dei quattro gli si fece di fronte, mentre gli altri, senza chiedere alcun permesso, erano già entrati in casa sua.

«Mi scusi signore, si tratta di un'emergenza. Siamo dei servizi speciali» disse mostrando una specie di tessera per alcuni decimi di secondo. «Sappiamo che una persona molto pericolosa è entrata qua dentro, in questo casamento. Lei ha visto niente?».

De Angelis era terrorizzato. Oddio questi sono della Polizia? Ma perché la stanno cercando? Quella donna così bella ha ucciso qualcuno? Involontariamente lo sguardo gli andava a cadere sulla porta dell'appartamento 2, come una sorta di denuncia involontaria, ma non disse niente.

«Ma come, cosa… chi?».

«Non ha visto nessuno entrare qua dentro? Una donna, una donna molto alta e appariscente? Chi la vede non se la dimentica…».

«Ma io… no… io… non ho visto niente… e poi ci sento anche poco, sapete… ero qui che…».

Gli agenti nel frattempo avevano setacciato la sua abitazione e se ne erano usciti fuori. Non dissero niente al quarto uomo, si limitarono a scuotere la testa, in segno negativo.

Il capo provò ancora una volta a cercare di cavar fuori qualcosa da quel vecchio, ma quel rincoglionito era talmente impaurito che evidentemente con lui c'erano poche speranze. E dire che il Luis per un istante pensò anche di lavarsene le mani e di lasciar trapelare un segnale a quegli uomini, un cenno in assoluto silenzio, in direzione dell'appartamento 2, che poi se la vedessero loro. Ma il cenno traditore non lo fece e gli agenti rimasero a bocca asciutta. Secondo loro quella stronza evidentemente aveva trovato una via d'uscita e chissà adesso dove si era andata a nascondere.

Sul loro volto era dipinta un'espressione di incertezza, e proprio allora, Alberto Sordi disse: «*Io ti ho dato il mio affetto, il mio entusiasmo... Ma tu, tu che cosa mi hai dato?*». Elvira (Franca Valeri) rispose: «*70 milioni in cinque anni!*».

Dopo aver ispezionato tutti gli angoli della casa di ringhiera e aver addirittura suonato qualche campanello, per rendersi conto che non c'era nessuno, i quattro, a questo punto piuttosto accaldati, rimontarono sull'auto blu super condizionata e dopo qualche comunicazione telefonica se ne ripartirono a tutta velocità.

Erano le undici e mezza passate.

De Angelis temeva che quei signori potessero essersi nascosti da qualche parte, per osservare le sue mosse.

Così fece finta di continuare a guardarsi il film, come se niente fosse.

«*Brave, brave, sì... Fiori, fiori dappertutto voglio, ma non questi ahò, fiorellini... fiori semplici di campo... li amava tanto la mia povera Elvira...*» diceva il vedovo Alberto Sordi, nel corso del funerale della signora Elvira Almiraghi in Nardi.

Nonostante questo nella corte della casa di ringhiera la situazione ormai pareva tranquilla, sembrava proprio che se ne fossero andati via. Ma adesso?

Il Luis era talmente impaurito che neanche fece caso alla parte più avvincente del film, quella in cui il commendator Nardi decide di passare alle vie di fatto, per eliminare, questa volta per davvero, la sua ricca moglie.

Proprio nel momento in cui Alberto Sordi pronunciava la frase decisiva: «*Marchese Stucchi, che fa, spinge?*», la ragazza fece la sua ricomparsa.

«Non so come ringraziarla, lei mi ha salvato... ma ora... ora non c'è tempo da perdere...».

De Angelis non riusciva ad alzarsi dalla sua poltroncina. Temeva di essere prossimo ad avere un infarto. Avrò fatto bene? si domandava. E adesso?

Si alzò a fatica ed entrò in casa, per bere un bicchier d'acqua.

La ragazza, col telefonino all'orecchio, lo raggiunse in cucina e, abbassandosi, gli dette un bacio in fronte.

«Lei mi ha salvato, lei è un grande, lei... non saprà mai quanto io le sono riconoscente...».

L'interessato era imbambolato e catatonico.

Fra l'altro, solo adesso il Luis se ne era accorto, la ragazza brandiva una bottiglia di vodka, che evidentemente aveva trafugato in casa della professoressa

Mattioli. Ne beveva a garganella. Oddio, adesso che cosa ci racconto all'Angela? Che cosa penserà, che mi sono andato a ubriacare a casa sua?

La ragazza ingollava la vodka come se fosse acqua, ma sembrava avere le idee chiare.

«Adesso dobbiamo fare in fretta. Lei ha una macchina?».

De Angelis già intravedeva la catastrofe, ma non riuscì a mentire.

«Beh, sì, è quella lì sotto, posteggiata nella piazzuola, che è la mia piazzuola privata».

Lei si affacciò dal ballatoio e vide la BMW roadster.

«Ma come, quella BMW lì è la sua?». Incredula.

«Eh sì, è la mia».

«Ma com'è che uno come lei... insomma... una macchina del genere...».

Sarebbe stato interessante raccontarle le complesse circostanze che avevano portato all'acquisto di quella macchina sportiva, ma la ragazza tagliò corto.

«Bene, allora andiamo, abbiamo i minuti contati...».

«Come abbiamo i minuti contati, noi chi?».

«Noi due, no? Forza, andiamo, lei mi deve portare a... glielo dirò strada facendo».

La ragazza si rese conto che il suo tono era stato un po' troppo perentorio e lo cambiò.

«Lei deve essere così gentile da portarmi in un posto, dove io possa trovare qualcuno che mi aiuti. Sa, se non mi hanno beccata adesso possono farlo dopo, quando vogliono...».

«Ma io...».

«Forza... a proposito, non so neanche il suo nome, com'è che si chiama lei?».

«Luigi, ma mi chiamano tutti Luis».

«E allora forza Luis, non c'è un minuto da perdere».

«E lei com'è che si chiama?». Quella non rispose.

Luis in canottiera e pantaloncini corti che assomigliavano a un paio di mutande tentennava e tremava, avviandosi verso la sua camera da letto, tornando sui suoi passi, ritornando ancora verso la camera.

«... Aspetti solo che mi metta un paio di braghe, una camicia». Non capiva più niente. Ed era quasi mezzanotte.

Ciò non gli impedì di mettersi dei pantaloni grigi, una polo marrone a maniche lunghe e i suoi guantini da guida.

La BMW 3.2 24 valvole uscì dalla corte della casa di ringhiera rombando.

Sul ballatoio la televisione era rimasta accesa, al solito volume, ma senza segnale. Due o tre bambini peruviani erano scesi con circospezione dall'appartamento del piano di sopra e dopo essersi guardati bene in giro riavvolsero la cassetta e rimandarono il film dall'inizio. Non si capacitavano che fosse in bianco e nero, sembrava un film antichissimo e non succedeva niente. Inoltre non capivano l'ironia al curaro di Dino Risi.

Poi la mamma, o le mamme, li richiamarono. Era l'ora di andare a dormire.

Così, per le strade vuote della Milano notturna di Ferragosto, la BMW prese via Porpora in direzione Loreto. De Angelis si domandò se fosse il caso di azionare l'aria condizionata, ma subito pensò che di quello sbalzo di temperatura ne avrebbe subito le drammatiche conseguenze e non ne fece niente.

«Dov'è che la devo portare?».

«Al Just, sa dov'è?».

«Il Just? E che cos'è che è?».

«Ma come, non sa dov'è il Just? È dalle parti di corso Sempione, o Parco Sempione, insomma, il Just Cavalli, lo sanno tutti dov'è».

«Ma di che cosa si tratta?».

«È un locale, un locale...».

«A Parco Sempione?».

De Angelis svoltò in via Pirelli e tagliando per via Melchiorre Gioia e via Garibaldi, grazie alla guida sportiva, fu in pochi minuti in piazza Castello.

«E adesso? Dov'è che è questo posto?».

«Ma che cazzo ne so io, se prendi un taxi e gli chiedi di portarti al Just loro lo sanno benissimo».

Il pilota si sentì un po' offeso nel suo intimo da ex taxista. Ai suoi tempi il Just non c'era mica.

«È sotto una torre, una torre di ferro con l'ascensore, si vede tutta Milano. Una volta ci sono anche andata in cima, mi venivano le vertigini. Ma il tipo che mi ci ha portato ha allungato un centone a quello che mandava in su e in giù l'ascensore, ci ha lasciati lì per una ventina di minuti. Si vede tutta Milano».

«Una torre? A Parco Sempione? Con l'ascensore?».

Ma subito fu chiaro di che cosa si trattava.

«Ma che Just e non Just, lei sta parlando della Torre Branca, come la chiamano adesso. Quando ero giovane si chiamava Torre Littoria!».

In pochi istanti furono nei pressi.

«Ecco, ci siamo, da quella parte, di là, presto!».

«Ma non si può, è senso unico!».

«Ma cosa te ne importa, non vedi che non c'è nessuno?».

Così giunsero al Just Cavalli, erano le 00.26, come diceva l'orologio della BMW. Il locale sembrava molto esclusivo ma al momento era poco frequentato, era troppo presto e poi di Ferragosto i VIP non sono mica a Milano. Nonostante questo, fuori, sul vialetto, c'erano diverse auto di grossa cilindrata, voluminosi SUV e anche un paio di Ferrarini. C'era anche un gruppetto di giovani maschi in piena esplosione testosteronica che sfogavano fumando le sigarette e usando i telefonini.

La ragazza si catapultò fuori della BMW: «Aspettami qui e tieniti all'erta. Non so se troverò la persona giusta o quella sbagliata, in caso negativo stai pronto a partire a razzo!».

Quando la ragazza passò davanti a loro i ventenni sfaccendati ebbero un sussulto e si accesero altre sigarette.

«Uei, te pirla di questa minchia, hai visto chi è quella lì?».

«Una figa della Madonna».

«Ma non l'hai riconosciuta?».

Quei tipi che stazionavano fuori del Just Cavalli probabilmente erano solo dei perditempo, a loro non sarebbe mai stato concesso di entrare in un locale così prestigioso. Erano lì per curiosare, in caso arrivasse qualche personaggio famoso. Comunque cominciarono ad avvicinarsi minacciosamente alla automobile del Luis.

Oddio, cosa devo fare, pensava, riaccendere il motore? E poi, cosa vogliono da me questi qua?

«Ma guarda questo vecchio rimbambito...» dicevano a voce alta per farsi sentire e fare i gradassi «ma vedi te che macchina che si ritrova! E avete visto chi è sceso dalla macchina? Io so chi è».

«E chi è? E chi è?».

«Ma come, pirloni, non l'avete vista? Ha delle gambe lunghe due metri che ce l'ha solo lei, è Elenoire...».

«Elenoire? Te' capì il vecchietto, se la fa con Elenoire» e si avvicinavano sempre di più, urlando i loro pareri.

«Chissà chi è questo vecchio di merda, ma lo vedi? Non esce neanche dalla macchina perché non si regge in piedi».

Gli ormoni di quei ragazzi alla sola vista della ragazza che loro chiamavano Elenoire avevano avuto un'impennata, così come il loro astio e risentimento sociale, non nel senso che in loro ci fosse un germe di ribellione, ma nel senso della pura invidia.

De Angelis però queste sottigliezze non le capiva, ed aveva semplicemente paura. Temeva che quei facinorosi gli sfasciassero la capote. Nel frattempo aveva azionato il blocco elettronico della chiusura delle portiere, anche se sapeva che se quelli avessero deciso di sfondargli il tettino lo avrebbero fatto facilmente. Progettò di mettere in moto e togliersi di lì, sgassando furiosamente, e che quella ragazza se la vedesse un po' per conto suo, in fondo non sapeva neanche chi fosse. Tremava.

Uno di quei ragazzotti fece finta di scivolare e si ritrovò sdraiato sul lungo cofano anteriore della Z3 3.2. Faceva il cretino, urlava, asseriva che la BMW lo aveva messo sotto, perché quel signore anziano non sapeva guidare... era arrivato a tutta velocità... la gamba... la gamba è andata, diceva, e gli altri si facevano intorno, sempre più esaltati, peraltro attenti a che non si stesse avvicinando qualche buttafuori del locale, con quelli non c'era da scherzare, ma per il momento non ce n'erano in vista e allora il gruppetto si sentiva forte e protagonista di storie da raccontare. Qualcuno scattava addirittura delle fotografie col telefonino, soprattutto quando un paio di facinorosi si misero a spingere l'auto dai lati, facendola dondolare e costringendo il povero Luis a saltabeccare da tutte le parti. Eppure manteneva un'espressione fissa e immobile, guardava dritto davanti a sé, come se niente stesse accadendo, anche se dentro di lui c'era il terrore. E se mi ammaccano la carrozzeria? E se mi costringono a uscire dall'auto? E se mi spogliano nudo? Nel frattempo un altro individuo aveva preso a calci la ghiera laterale dell'aerazione. De Angelis mise in moto. Adesso metto la prima e se qualcuno rimane sotto sono affari suoi.

Stava per farlo quando quella che gli energumeni pensavano fosse Elenoire fece ritorno, di gran fretta, ma con la sua autorità riuscì immediatamente ad ammutolire i ragazzi.

«Mezze seghe di merda, figli di puttana, stronzi, adesso vi faccio sistemare io» e fece finta di chiamare qualcuno. «Raul, Mattison, Dragan, venite un po' qua!» urlava nella direzione dell'ingresso del locale. «C'è da divertirsi!».

Alle grida un paio di ceffi corpulenti si affacciarono fuori dell'ingresso, non si trattava né di Raul né di Dragan, ma questo bastò per ridimensionare l'aggressività del gruppo di giovani, che prestamente rimontarono sulle loro automobili, peraltro tutte appartenenti ai propri genitori, chi di Quarto Oggiaro, chi di Cusano Milanino, chi di Baggio.

Insomma attorno al Luis si creò spazio e il pilota, sollevato, pur se in un bagno di sudore, innestò la prima velocità, senza sapere quale fosse la direzione da seguire.

«Ma in questa macchina l'aria condizionata non funziona?», disse Elenoire.

«Certo che funziona». Luis la accese e in pochi secondi la temperatura all'interno dell'abitacolo scese di una ventina di gradi. Nel suo intimo però era convinto che a breve quel trattamento lo avrebbe fatto ammalare, anche perché le sue energie e quindi anche le sue difese immunitarie erano agli sgoccioli. Normalmente a quell'ora era già nel mondo dei sogni.

«Portami in via Lanzone, il numero non me lo ricordo ma il palazzo lo so riconoscere, fai presto!».

Il De Angelis non per caso aveva esercitato la professione di taxista per quarant'anni.

Prese via Alemagna a oltre 140 all'ora, poi via Carducci dove superò i 200, all'altezza del Bar Magenta iniziò a scalare di marcia, quinta, quarta, terza, seconda e svolta brusca per Sant'Ambrogio. Erano passati due minuti ed erano in via Lanzone.

A questo punto si dovette procedere a bassa velocità, affinché Elenoire potesse riconoscere il palazzo. Dietro di lui si era costituita una piccola coda di auto, che però non avevano il coraggio di suonare il clacson, come sempre succede quando a intasare il traffico è una vettura prestigiosa. Chi avrebbe il fegato di suonare a una Porsche, o a una Ferrari?

«Eccolo, è qui» disse Elenoire, i cui seni nudi erano ormai quasi visibili nella loro interezza. Lei non ci badava, ma il signore che aveva accanto sì.

«Aspettami qui. Speriamo che questa sia la volta buona. È l'unica persona di cui posso fidarmi». Uscì dall'auto, incollata al telefonino, si avventò sui campanelli, poi entrò nel condominio di lusso, risucchiata dal portone.

De Angelis si ritrovò nuovamente solo con se stesso e con la sua BMW roadster, indeciso se andarsene via o rimanere. Ancora una volta, rimase. In via Lanzone non passava più nessuno, non c'erano locali aperti perché di locali non ce ne sono, le mura erano ricoperte da scritte fatte con la bomboletta spray che aumentavano il senso di degrado e anche quello di disagio del Luis. Questa volta nessuno lo disturbò e lui poté dedicarsi a qualche riflessione. Ma che le sarà successo a quella ragazza? E poi chi è? Una modella, un'attrice del cinema? E perché temeva che la volessero eliminare? Che cosa c'era di mezzo?

Non era mai stato un tipo molto fantasioso ma riuscì comunque a sviluppare alcune ipotesi. Perché quella giovane donna era in pericolo di vita? Chi la voleva uccidere? E se invece mi stessi sbagliando e quella lì non è affatto una vittima, ma al contrario è una criminale?

Il silenzio di via Lanzone fu squarciato dal rombo di una motoretta scassata.

Vittima o criminale? Purtroppo l'immaginario letterario di De Angelis non era molto ricco, per una donna bellissima poteva prevedere solo il ruolo di colei che è perseguitata da schifosi aguzzini oppure quello di maliarda ingannatrice. In questo secondo caso c'era da pensare che quella giovane donna, com'è che l'avevano chiamata? Elenuar... si potesse essere macchiata di un qualche atroce delitto e stesse cercando di fuggire al suo destino? Ah, e allora io sarei complice di una assassina! E se hanno preso la targa?

De Angelis non sapeva se sentirsi un eroe o un fesso, ammaliato dalle grazie di quella donna, che a titolo indicativo avrebbe potuto essere sua nipote, o, in altri tempi, quando i figli si facevano presto, addirittura bisnipote.

Uscì a fatica dalla bassissima BMW, avrebbe desiderato fumarsi una sigaretta, ma ormai erano più di vent'anni che aveva smesso. Ma si sa, il vizio del fumo...

Girando intorno alla macchina ebbe un'idea, quella di mascherare la targa. Aprì la bauliera e ne estrasse un barattolo di grasso lubrificante. Era di color marrone e lo spalmò sulla targa posteriore, tentando di fare in modo che quel grasso sembrasse caduto sulla targa così, per accidente. Ne buttò un po' anche sulla carrozzeria. Lo avrebbe poi tolto con comodo, il grasso alla carrozzeria non apporta danneggiamenti. Per terra trovò un po' di sabbiolina che gettò con nonchalance sulla targa rivestita di grasso. Il risultato fu ottimo.

Poi si accese la luce di una finestra del secondo piano e si scatenò il finimondo.

«Vattene via, gran troia! Non ti fare più vedere qui, puttana!». Tali grida attraversarono tutta via Lanzone.

De Angelis si scosse, lanciò uno sguardo verso l'alto e vide che una persona era affacciata a una finestra e probabilmente quell'apostrofare veniva da lassù.

Si trattava di una donna che sembrava parecchio agitata. Continuava a inveire dalla finestra, proprio mentre Elenoire si catapultava fuori dal portone e procedeva zigzagando, come se temesse che qualcuno le potesse sparare dalla finestra.

«Presto, sali, che fai?».

Riuscirono a montare sulla BMW proprio nel momento in cui dalla finestra piovevano oggetti, accompagnati da parole: «Sciagurata, gran puttana, non ti azzardare a farti vedere un'altra volta perché ti taglio la gola» e altre violenze del genere. Cadde un telefonino, delle scarpe, una radio e anche una pesantissima sacca di mazze da golf. La BMW ne risultò miracolosamente incolume ma «Leviamoci di qui» disse lei, quando De Angelis lo stava già facendo, proprio nel momento in cui un'altra grossa auto blu raggiunse il posto. Non si trattava della stessa che era entrata nella corte della casa di ringhiera, una Mercedes. Questa qui era una Audi. Lui di macchine se ne intendeva.

«Scappa! Scappiamo via! Se ci prendono siamo morti tutti e due!» disse la ragazza.

«Tutti e due?» domandò a se stesso il De Angelis, mentre forzava una seconda marcia a 120 km l'ora.

Intanto vediamo se ci prendono, pensò senza dirlo, mentre incrociava a velocità da Formula Uno per il lastricato di via Torino.

La BMW era in gran forma, l'ex taxista la buttò a sinistra e dopo una serie di svolte secche si ritrovò a Cordusio, da lì prese via Dante, dove se fosse stato per la Z3 3.2 24 valvole si poteva fare anche qualcosina di più dei 200. Per fortuna non c'erano molte automobili in giro. Altro passaggio intorno a Parco Sempione, poi un po' di velocità su corso Sempione. L'Audi era sempre lì.

De Angelis, mentre faceva un paio di giri intorno a piazza Firenze si rese conto che quello lì non era il terreno adatto. L'Audi sul rettilineo gli dava del filo da torcere, ma in curva non riusciva a stargli dietro. Finalmente inforcò via Caracciolo e dunque attraverso via Mac Mahon si lanciò in direzione della Bovisa, una zona che conosceva bene, piena di strade strette e di curve a novanta gradi, dove avrebbe potuto seminare chiunque. Quei coglioni con l'auto blu non sapevano con chi avevano a che fare. In termini di prestazioni assolute forse la loro gigantesca Audi poteva competere con la sua BMW, ma non certo in termini di accelerazione e di maneggevolezza.

Mentre al volante dava il meglio di sé Elenoire, pallida come uno straccio, forse era un po' scombussolata per la gimkana e forse anche per le vodke che si era bevuta, aveva ripreso a lavorare con il telefonino.

«Ma no, ti giuro, tu lo sai che io sono una che ne ha viste di ogni, ma questo è troppo, questo è troppo, la Katy l'hanno ammazzata, l'hanno ammazzata, ti giuro, e allora basta, basta, non me ne frega un cazzo se mi intercettano, non me ne frega un cazzo, io l'ho vista, ti giuro, la Katy l'hanno ammazzata e adesso se mi prendono mi infilano in un pilone di calcestruzzo. Anche Roby mi ha abbandonato. Sono andata a casa sua a chiedere aiuto e sua moglie... ma il bello è che una macchina delle loro è arrivata subito, si è messa a inseguirci... chi? Con chi sono?... Ma no, è uno, uno che non conosci... ah beh... no, ma sei pazza?...».

De Angelis, nonostante stesse guidando sul filo dei 150 km all'ora nel reticolo urbano, nonostante la sua avanzata sordità, non ebbe difficoltà a recepire queste frasi e non ne rimase indifferente. Un pilone di calcestruzzo? Dove fuggire, in Isvizzera?

Dopo una serie di deviazioni brusche che permisero alla BMW di dare un certo distacco alla Audi, in modo che non ci fosse più il contatto visivo, il Luis infilò l'auto in una corte che sembrava privata e che invece era una strada con uno sbocco, dall'altra parte. Inchiodò, infilandosi in un anfratto e spense la fanaleria. Intimò a Elenoire di tacere, ma quella aveva già smesso di parlare da qualche minuto, evidentemente non si sentiva bene. Nel silenzio assoluto che si era creato in pochi secondi si sentiva solo qualche scricchiolio di aggiustamento del motore, clic, clic, zing, rumori lievissimi di un sei cilindri appena sollecitato e dell'acqua che scorreva nei condotti del radiatore.

Sentirono passare sulla stradina parallela l'Audi a velocità impossibile. Il rumore si allontanò e scomparve. Quando De Angelis se ne rese conto esplose di giubilo.

«Vaffanculo, stronzi di merda, ande' a ciapa' i ratt, tel chì, il De Angelis, lo sai come mi chiamavano quando ero giovane?».

Elenoire non sembrava essere molto interessata, adesso il suo colorito dava sul verde.

L'altro esultava come uno che ha vinto al Superenalotto.

«Driver l'imprendibile, mi chiamavano. Avevano ragione o no?».

La ragazza vomitò fuori dell'auto tutto quello che aveva in corpo, mentre il Luis era in piena estasi, si sentiva una cosa sola con la sua BMW, ed era contento di avere accanto a sé una donna così bella, nonché di averla salvata da morte sicura.

Magnanimo e convinto, lasciò passare un po' di tempo, affinché fosse sicuro che i manigoldi inseguitori si fossero allontanati abbastanza e che Elenoire si fosse ripresa. Ripartirono.

«E adesso dove andiamo?».

«Ma che ne so io... Dove vuoi che andiamo? Mi hanno abbandonato tutti. Ho solo te di cui fidarmi».

De Angelis non disse niente.

Sulla tangenziale gli pareva di procedere lentamente, una velocità di crociera adatta per parlare e ripensare all'accaduto. Torniamo a casa mia? E se arrivano un'altra volta quelli della Mercedes?

In realtà la velocità alla quale procedevano non era esattamente quello che si dice di crociera, perché superava i 150. Ma era colpa sua se con quella macchina non era facile rendersene conto?

La pantera della Polizia si accodò alla Z3 e fece delle segnalazioni inequivoche. Doveva fermarsi.

De Angelis si scosse e guardò Elenoire. «Che facciamo, fuggiamo?».

La bionda lanciò un'occhiata alla pantera e fatalisticamente sospirò: «Ma dove vuoi fuggire... frena, dai».

Lui si fermò in uno slargo poco prima di Sesto San Giovanni. Ma che sfortuna, pensava disarmato, proprio l'uscita prima della mia. Una volta arrestatosi non accennò a uscire dalla macchina. Un agente si approssimò, guardò dentro la BMW e sembrò assai stupito dopo averne visto il contenuto: un signore molto anziano che indossava dei guantini da guida con accanto uno schianto di figa bionda, vestita assai poco.

«Patente e libretto di circolazione».

Gli agenti erano due, uno dei quali rimase a controllare che quel vecchio pazzo non facesse scherzi, mentre l'altro verificava con la Centrale i documenti. Il Luis era come paralizzato, Elenoire non pareva fare molto caso all'inconveniente.

«E se adesso lei dicesse a questi agenti che la stavano inseguendo dei criminali? Non le sembra un'ottima occasione? Loro la porteranno al sicuro, no? Se c'è una ragazza morta di mezzo, non conviene forse...».

«No, non conviene affatto». Elenoire aprì lo sportello ed uscì dall'auto per sgranchirsi un po'. Gli agenti la fissavano basiti, cercando di mantenere un contegno ma senza riuscirci. Finalmente tornarono dal guidatore.

«Signor De Angelis, i suoi documenti sono in ordine, ma lei lo sa che stava procedendo a una velocità superiore ai 150 chilometri all'ora? Lo sa che per questo genere di infrazioni c'è il sequestro della macchina? E lo sa che le dobbiamo ritirare la patente?».

«150 chilometri all'ora? Ma non è possibile, a me pareva di andare a novanta, ma sa, con queste macchine, il sequestro... ma cosa dice mai, il ritiro della patente?».

Elenoire aveva ascoltato la conversazione e disse a Luigi: «Aspetta qui e lascia fare a me».

«Agente, le devo parlare di una cosa molto importante».

De Angelis vide la ragazza che si allontanava parlottando con gli agenti, lui purtroppo non poteva sentire cosa dicevano. Poi vide che uno dei due era entrato nella pantera e si era messo al telefono.

Il sequestro della BMW? Il ritiro della patente? Con tutto quello che aveva dovuto tribolare per ottenere il rinnovo? E che avrebbe fatto adesso? Il mondo stava crollando addosso al Luis. Valeva la pena di vivere ancora, senza patente e senza la BMW Z3 24 valvole?

L'attesa durò a lungo, lui non riusciva a capire che cosa stesse succedendo, non li vedeva più. E se adesso partissi e scappassi in Svizzera dal Consonni? Loro mi aiuteranno. E la BMW? Ma quale Svizzera, meglio sarebbe schiantarsi contro un palo, e non se ne parla più, tanto a che vale? Ma che stanno combinando? Forse la ragazza si è decisa a parlare? E di me, che ne faranno?

Dopo una ventina di minuti uno dei due poliziotti si avvicinò alla BMW accompagnando Elenoire. Lei risalì a bordo. L'agente riconsegnò i documenti: «Tutto a posto, signor De Angelis, vada pure».

«Ma come, non mi fa neanche la multa?».

«Le dico tutto a posto, signor De Angelis, può ripartire... e non se lo faccia dire un'altra volta... comunque guidi con prudenza, mi raccomando, per questa volta chiudiamo un occhio. Ah, stia attento, guardi che le hanno impiastricciato la targa posteriore, in modo che non si vede più il numero».

«Ah, che bastardi, me lo fanno sempre questo scherzo, ma so chi sono sa? So chi sono».

Luis guardò Elenoire. Ma che cosa gli aveva detto a quelli là? Lei ridacchiava, poi improvvisamente sembrò cadere addormentata.

Finalmente, intorno alle quattro del mattino, i due furono di nuovo nella casa di ringhiera. De Angelis ebbe l'accortezza di posteggiare la BMW fuori, per la strada. Un po' gli dispiaceva, non era mai successo prima, ma non era il caso, tante volte gli sgherri fossero tornati nella casa di ringhiera, che vedessero quella macchina lì. Una volta giunti sul ballatoio spense l'apparecchio televisivo, che era ancora acceso. Entrarono in casa e fu chiusa la porta. Lui si abbatté sul divano, ancora elettrizzato ma distrutto.

Elenoire invece aveva molta fame e dette fondo alle riserve custodite nel frigorifero. Prima si mangiò delle verdurine, spinaci e bietola, così, fredde di frigo, senza neanche scaldarle un po'. Poi si fece una confezione intera di pollo alla diavola con patate di Quattro salti in padella, dunque si preparò un caffè d'orzo solubile e infine aprì una scatoletta di tonno. Nel frattempo aveva chiesto se c'era un po' di vino e lui era andato a prendere un fiasco di Chianti Spalletti che teneva in serbo.

De Angelis si chiedeva come facesse quella ragazza ad essere così magra se mangiava quella quantità di roba, pensò che quella rivomitasse sempre quello che ingurgitava, però non disse niente, se non: «Mangi mangi, dopo quello che ha passato...». Ma che cosa aveva passato? In fondo il Luis non aveva capito proprio niente. Sì, qualcuno la cercava, ma di preciso... chi era quella Katy che avevano ammazzato? E qual era il ruolo di Elenoire?

«Senta, scusi sa, ora, non è che le chiedo niente su che cosa le sia successo, e chi erano quelli che la cercavano, e dov'è che mi ha portato, cioè dov'è che si è fatta portare, e che cosa gli ha detto a quegli agenti di Polizia, insomma, tutte queste cose qua io non le voglio mica sapere... ma una domanda gliela posso fare?».

La ragazza ingollò un bicchiere di Chianti e annuì.

«Com'è che una ragazza bella come lei si trova in tutti questi guai? Ma lei, che mestiere fa?».

La ragazza addentò una pesca.

«Beh, vede, è che col mestiere che faccio io trovarsi nei guai non è poi così difficile, bisogna farci il callo, ma quando è troppo è troppo».

«Ma perché, qual è il mestiere che fa lei».

«Faccio la escort, non si vede? Non l'aveva capito? Non se l'era immaginato?».

«E che cus'è che è 'na escort?».

La ragazza si mise a ridere. «Ma come, se i giornali non parlano d'altro... una volta si diceva puttana, prostituta, una mondana, insomma, veda lei...».

«Oh Signur... che povera ragazza...».

«Beh, povera non direi proprio, signor? Com'è che ha detto che si chiama?».

«Mi chiamo Luigi De Angelis, però tutti mi chiamano Luis... ma lei...».

«Non si preoccupi per me, è un mestiere come un altro...».

«Eh, va bene, ma allora cos'è che è successo stanotte, quelli lì erano i suoi magnaccia?». La parola magnaccia uscì dalla sua bocca come una entità aliena, un corpo estraneo, chissà perché aveva usato proprio quella, voleva far capire che era un uomo di mondo? Eh, ne aveva viste tante anche lui nel corso dei lunghi decenni in cui aveva svolto la professione di taxista. Però una «donnina» così bella non l'aveva mai vista, né tantomeno l'aveva scarrozzata da qualche parte con la vettura.

La ragazza prese a raccontare. Si era trovata a essere testimone di un fattaccio accaduto a una sua collega. Erano in quattro o cinque da un tipo che lei non aveva mai visto, se non per televisione. Un tipo alto un metro e quaranta che aveva organizzato una festicciola per un suo nuovo incarico molto importante. Poi era successo che una delle ragazze si era sentita male, sembrava morta, e allora Elenoire si era impuntata perché chiamassero il 118, perché quella stava morendo. Lei non sapeva di che cosa si trattasse, se troppa cocaina oppure una intolleranza alimentare letale o un vero e proprio avvelenamento. Fatto sta che quella se ne stava andando e che il 118 andava chiamato.

Però gli organizzatori dell'incontro di chiamare l'ambulanza non ne volevano neanche sapere.

«Oh Madonna che caldo che fa, ma lei non ce l'ha un ventilatore?».

Elenoire certo non poteva denudarsi di più di così.

«Allora io ho preso un paio di fotografie col telefonino e poi sono scappata via: urlavo a tutti che li avrei denunciati, che erano una massa di criminali, che andavo alla Polizia. E quelli mi hanno inseguito, volevano impedirmi di parlare, di denunciare il fatto, di creare uno scandalo. E la Katy adesso chissà dove l'hanno portata. E se è viva. Ma io con quelli ho chiuso. Però se mi trovano… Lei non ha idea del potere che hanno… Fanno quello che vogliono… ha visto? Non ci hanno messo molto a smuovere i servizi segreti... ma io domani... E dire che la Katy se lo sentiva... me l'aveva detto. Lei era un tipo strano, un po' diversa dalle altre. Non aveva molta esperienza. Però una bella ragazza, quello sì. Ma lei se lo sentiva che le succedeva qualche cosa. Erano i suoi genitori che l'avevano convinta... ma pensa te... e chissà adesso dov'è finita... magari in un pilone di calcestruzzo... o nella calce viva... tanto a quelli lì i cantieri non mancano... ma a me no, a me non mi ci mettono nel pilone di calcestruzzo. E adesso non so cosa fare e dove andare. Quello stronzo di... Ha visto anche lei di che cosa è capace la moglie...».

«Chi, quella che tira la roba dalla finestra?».

«Sì, quella lì, ma lui...».

«E quello del Just?».

«Ah, lasciamo perdere...».

Elenoire sembrava avere un attimo di cedimento. Era pronta a una crisi di pianto, che infatti arrivò.

«Bastardi... bastardi...».

«Ma via signorina, una soluzione si trova sempre, non si lasci andare così, su, non pianga, in fondo siamo riusciti a...».

«Ah, io sono sempre stata sfortunata. Tranne questa volta» le lacrime si stavano asciugando. «E se non avessi trovato te? Adesso dove sarei?».

De Angelis era agghiacciato, allibito e sedotto. Non disponeva più di molte energie ma si sentiva un leone per come aveva seminato quei «romani», chissà poi perché pensava che fossero dei romani. Tutto sommato dentro di sé provava l'emozione di essere un paladino, un salvatore.

Mentre Elenoire si stava riprendendo, prova ne sia che aveva ricominciato con pane burro e marmellata, Luis fantasticava e progettava.

«E se domattina presto partissimo per la Svizzera? In mezz'ora ci siamo e lì quei tipi dei servizi segreti non possono fare il bello e il cattivo tempo. E io ce l'avrei anche un posto dove lei potrebbe stare al sicuro, una posto che non conosce nessuno. Veda lì, in una località segreta sono andati a nascondersi per un po' due inquilini di questo palazzo. Una è una signora, l'affittuaria dell'appartamento dove lei si è rifugiata».

«Quella della vodka?».

«Sì, proprio lei... non le sto a raccontare perché hanno levato le tende... ma insomma, anche loro avevano dei problemi, di preciso non lo so nemmeno io... però... io ho la loro fiducia, sono l'unico che sa come mettersi in contatto, e sicuramente la accoglierebbero e la nasconderebbero, almeno per un po', nel frattempo lei...».

«Uhmm, la Svizzera non mi convince, quelli hanno tutti la casa lì, ed hanno delle buone connections. La Svizzera non la vedo bene... magari, che ne so, ci vorrebbe qualcosa di più lontano e più nascosto... Equador? Messico? Guatemala? Ma tu, un po' di soldi ce li hai?».

De Angelis trasalì. «Soldi? No, soldi non ne ho, qualcosa, cioè...».

«Guarda che te li restituirei, eh, mi bastano i soldi per un biglietto aereo e qualche spicciolo per i primi momenti, però, ecco, ti posso staccare un assegno, quanto ci scrivo, la cifra falla tu. Ti assicuro che l'assegno è coperto, è un conto estero, ti ci vorranno due o tre giorni per incassarlo, ma è coperto... dai, dimmi che tieni qualche riserva in casa, ce l'hanno tutti, soprattutto le persone anziane...».

Per l'appunto il De Angelis teneva sempre i suoi risparmi in una busta appiccicata con lo scotch sotto un cassetto del comò. Ma lei come faceva a saperlo? C'era da fidarsi? O era tutta una truffa? Elenoire rovistò nella borsetta e tirò fuori un rotolo di banconote. Le contò.

«Ecco qua, ho solo milletrecento euro, non mi bastano, non mi bastano...».

Lui a quel punto mise da parte ogni dubbio e diffidenza, ormai era in ballo. Andò a prendere la busta nascosta sotto il cassetto e ne estrasse delicatamente il contenuto, disponendolo sul tavolo di cucina. C'erano un pezzo da 500, otto pezzi da 200, ventiquattro da cento e ventotto da cinquanta.

«Sono le mie riserve... è tutto ciò che ho. In banca sa, non ho quasi niente, negli ultimi tempi ho avuto delle spese e... la BMW...».

Elenoire gli dette un bacio in fronte e raccolse il contante.

«Ah, dimenticavo» rovistò ancora nella borsa ed estrasse un libretto di assegni.

«Com'è che ti chiami tu?».

«Glielo ho detto adesso, De Angelis Luigi, perché?».

La ragazza firmò un assegno a copertura del prestito. La firma non era molto leggibile, ma il nome sembrava assomigliare più a quello di Maria Carla Chiesa che non a quello di Elenoire Casalegno.

«Domattina mi porti all'aeroporto, ti va?».

«Ma certamente, certamente... anche subito».

«Prenderò il primo aereo per Londra... e poi... poi si vedrà...».

«Londra?».

Per lui Londra, il Messico, l'Equador, perfino Palermo godevano dello stesso grado di esotismo. Non si era mai mosso da Milano.

«Lei può dormire nel mio letto, io mi aggiusterò qui sul divano» fece come un vero gentiluomo. «Adesso le do gli asciugamano». Elenoire contava e ricontava il denaro e ne faceva dei mazzetti, come se ciascuno avesse una destinazione precisa.

«Domattina... ma lei non ce l'ha un computer? Voglio controllare a che ora c'è un volo».

«Eh no, non ce l'ho...».

«Fa lo stesso...».

Adesso De Angelis non sapeva più bene come comportarsi, era venuto il momento di coricarsi, almeno per alcune brevi ore, sembrava tutto deciso. Tuttavia si sviluppò una situazione di imbarazzante silenzio. Entrambi avevano qualcosa per la testa, ma nessuno dei due diceva niente. Finalmente fu il De Angelis a parlare. Era incerto, ma a quel punto a che valeva nascondersi dietro un dito? La sua curiosità ebbe la meglio.

«Mi scusi sa, ma, tanto per dire, a proposito della sua professione... cosa costa di media una seduta con lei? Intendo dire una prestazione professionale, magari non delle più costose, una cosina semplice?».

«Non credo che lei se la potrebbe permettere» fece lei senza stupirsi affatto «ma visto che lei è stato così gentile con me diciamo che se ne può fare una gratis, però non deve essere una cosa molto impegnativa, sono molto stanca e se possibile vorrei farmi qualche ora di sonno».

Una cosa impegnativa? si chiedeva il poveruomo, ma quale cosa impegnativa... L'aveva detto così per dire, mica ne aveva intenzione, e inoltre aveva dei fortissimi dubbi che potesse riuscire a combinare alcunché, non si ricordava nemmeno quando fosse stata l'ultima volta che... con quella slava grassa e sudata. Saranno passati dieci anni? O venti? Non si ricordava nemmeno quanto avesse speso.

«Sa, beh, era per curiosità, e poi io sono molto vecchio, non so mica se sarei più capace...».

«Ah, di questo non si deve preoccupare, ho avuto a che fare anche con gente più vecchia di lei». La ragazza si rese conto di aver usato un termine che poteva risultare offensivo e corresse: «Volevo dire, meno giovane».

«Ah, beh».

La mattina dopo, si fa per dire, erano passate poche ore, Elenoire stava facendo la doccia nel bagno di De Angelis, nuda.

Completata l'operazione, senza rivestirsi, prese ad aggirarsi per l'appartamento: si fece un caffè, sgranocchiò dei cracker, cercò di ragionare a mente fredda. Accese il cellulare e fece un paio di telefonate.

Il padrone di casa dormiva profondamente, anzi, per la precisione sembrava morto, o per lo meno in coma farmacologico.

La signorina Mattei-Ferri fu la prima inquilina a fare ritorno nella casa di ringhiera: aveva passato il Ferragosto da una sua parente in una località collinare, vicino a Monticello Brianza, dove si presumeva che potesse essere un po' più fresco, ma non era stato così. Quella mattina il suo triscugino l'aveva accompagnata a casa, con tanto di sedia a rotelle, con la sua SEAT. Erano le dieci e mezzo e faceva già un caldo insopportabile.

La signorina una volta nella corte dette uno sguardo intorno e capì che non c'era nessuno in giro. Che diavolo, quel giorno non c'era bisogno di sceneggiare la solita manfrina della sedia a rotelle per non farsi beccare dai sorveglianti della ASL, chi mai sarebbe venuto a spiarla proprio il 16 di agosto?

In casa non aveva niente, neanche un po' di caffè, e allora si decise a percorrere il ballatoio per andarlo a chiedere al De Angelis. A quanto le risultava – e difficilmente su queste cose si sbagliava – l'unico inquilino presente era il Luis, uno di cui ci si poteva fidare. Così, a piedi, percorse il ballatoio est, quello nord e quello ovest per raggiungere l'appartamento numero 5. Fuori della porta c'era ancora la televisione sul carrello, la poltrona e una bottiglia di birra vuota. Ma che diamine, cosa si era messo a fare quel matto, i festini?

Suonò il campanello e le aprì la porta una ragazza bionda, alta e nuda. Si trattava di Elenoire Casalegno in persona, almeno così pensava la Mattei-Ferri.

Questa, pur sbalordita, riuscì a dire: «Eh, mi scusi, cercavo il signor De Angelis».

«Ah, il Luis? No, guardi, dorme ancora».

«Ah, beh, non fa niente, ripasserò più tardi...».

Cosa? Elenoire Casalegno in casa del Luis, tutta nuda? Ma cosa sta succedendo? Ho le allucinazioni?

La ragazza non fece molto caso alla signorina Mattei-Ferri e si rivestì, se così si può dire. E ripensò a tutto ciò che era accaduto. Riprese il cellulare e fece altre chiamate.

La signorina Mattei-Ferri era in trance. Non poteva credere a quello che aveva visto, avrebbe voluto prendere delle fotografie perché chi poteva credere mai a quello che lei aveva da raccontare, vale a dire che Elenoire Casalegno era stata lì e che aveva passato la notte da Luigi De Angelis, nuda. Proprio Elenoire Casalegno, la famosa presentatrice della TV, uno dei personaggi più seguiti dalla signorina, che monitorava con accanimento le vicissitudini dei VIP, consultando avidamente la stampa specializzata, quella che narra le gesta di queste persone veramente importanti. Ed Elenoire Casalegno era una di quelle. A proposito, a che punto era la sua relazione con Omar Pedrini? Nella sua vita forse c'era una nuova fiamma?

La Mattei-Ferri non se lo ricordava, ma avrebbe potuto consultare le annate delle sue riviste, «Chi», «Vero», «Novella 2000», «Eva 3000» e tutte le altre. Che ci voleva? Ma certamente quelle riviste, per quanto informate fossero, non facevano menzione del De Angelis.

Proprio lui intorno a mezzogiorno stava per svegliarsi. Era nel mezzo di un sogno in cui lo avevano richiamato al servizio di leva. «Ma io il militare l'ho già fatto!» cercava di replicare, ma non c'era niente da fare. Aveva forse venticinque anni. Così gli ci volle del tempo per capire che no, di anni ne aveva trenta, no, forse quaranta, ma no, sessanta, settanta. Finalmente si sintonizzò col tempo presente e si ricordò di ciò che era accaduto durante la notte e che c'era da andare all'aeroporto, ma quale, Linate o Malpensa? Dieci minuti furono sufficienti per tornare sul pianeta terra, dunque si alzò, con un gran mal di testa.

La casa era silenziosa, pensò che la ragazza fosse ancora a letto. Che faccio, la sveglio? Aveva un po' di ritegno all'idea di bussare, ma che ore erano, già le undici? Adesso le preparo un caffè, decise il Luis, ne abbiamo bisogno.

Rassettò un po' in cucina: era tutto in disordine, mentre il frigo era vuoto. Ma non stava passando troppo tempo? E l'aereo? E la fuga? Quando il caffè fu pronto lo versò in una tazzina e pensò di portarlo in camera. Lei ci vorrà anche il latte? E come faccio, io di latte in casa non ne ho. Pose piattino, tazzina, cucchiaino e zuccheriera su un piccolo vassoio d'argento e si incamminò verso la camera da letto. Bussò delicatamente. Nessuna risposta. Ribussò.

Dopo qualche attimo di incertezza aprì la porta. Dopo un primo momento in cui l'oscurità non gli permetteva di distinguere bene si rese conto della circostanza che lì Elenoire non c'era più.

Accese la luce, appoggiò il vassoio, perlustrò rapidamente ogni angolo, ma in quei pochi attimi nella mente gli si prospettò in maniera assai brusca la realtà: quella se ne era andata, con i suoi soldi.

Oddio, Signore, me lo dovevo aspettare. Quella lì è una giovane avventuriera e per portarmi via i miei risparmi si è inventata tutta la storia.

Si aggirò incredulo per l'appartamento, si affacciò sul ballatoio. Andata.

E andati anche i 5.900 euro che dovevano servire per partire per il Messico, o l'Equador, o chissà dove. Ma quale Equador, quella là era una truffatrice professionista. Oh, santo Cielo, e adesso come faccio? Mi hanno fregato, mi hanno fregato ben bene. Ma che senso ha la vita?

De Angelis si aggirava per la casa cercando una traccia, un messaggio, una prova del fatto che non era vero. E se mi fossi sognato tutto? Il caldo era impossibile. Andò a controllare sotto il cassetto per vedere se la busta con i suoi risparmi era sempre lì.

No, non c'era...

Disperato uscì di casa, aggirandosi per i ballatoi e la corte della casa di ringhiera. A chi chiedere aiuto? Si accorse che le finestre dell'appartamento della Mattei-Ferri erano aperte: era dunque tornata? In un bagno di sudore bussò a quella porta.

«Buongiorno signorina, è tornata dalle vacanze?».

«Beh, se mi vede qui vuol dire che sono tornata, non trova?».

«Ah, beh, certo..., ma le volevo chiedere, ha mica visto movimenti o situazioni strane qui nella corte? Sa, perché è successo che...».

«Se ho visto qualcosa? Qualcosa di strano? E lo viene a chiedere a me? Certo che ho visto qualcosa di strano, di incredibile, di marziano».

«E cioè?».

La Mattei-Ferri non raccontò del suo incontro con Elenoire Casalegno, perché non voleva fare la parte dell'impicciona e sperava che fosse il Luis stesso a tradirsi. Si limitò a riferire che un'oretta prima aveva visto quello che aveva visto. E cioè che era arrivata una grossa macchina blu e che dentro c'era entrata una ragazza alta e discinta.

De Angelis ebbe in pochi istanti il classico disvelamento. La bionda lo aveva ciurlato nel manico. Gli inseguimenti? La ragazza morente vittima di una congrega di perfidi potenti? I pericoli? I servizi segreti? Una povera vittima delle circostanze? Ma no, santo Cielo! Era stata tutta una messa in scena per fregargli i soldi, e che altro? E anche la Polizia accomodante: erano amici suoi...

Ah, la vita... la vita è proprio una fregatura, una rovina, un nodo scorsoio, e io mi sono lasciato ingannare come un pirla. E adesso? Come faccio che non ho più un soldo? E se andassi a sporgere una denuncia alla Polizia? Ma per fare cosa, la figura del deficiente? E poi che cosa racconto, che sono stato truffato da Elenoire Casalegno? Prese in mano l'assegno che gli aveva lasciato la ragazza: era della Banca Popolare di Presonzo. Oh signur, ma come ho fatto a cascarci... Maria Carla Chiesa, il nome con cui si era firmata la ragazza... e allora perché la chiamavano Elenuar? Luigi avrebbe voluto battere la testa contro il muro e farla finita.

Mancava un quarto d'ora alle tredici. Corse in banca, sperando di arrivare prima dell'orario di chiusura.

Allo sportello chiese un estratto conto: i suoi averi ammontavano a 453 euro. Ne ritirò 50 per le spese correnti.

Poi mostrò l'assegno alla cassiera: lei lo guardò con molto scetticismo: «Banca Popolare di Presonzo... mai sentita... ma è sicuro che questo assegno sia buono? Sa, le truffe ai danni delle persone anziane sono sempre più frequenti... ma conosce la persona che lo ha emesso? Io non so se...».

De Angelis si guardò bene dal raccontare quello che gli era accaduto e si inventò una balla su come era entrato in possesso di quell'assegno, la cassiera non parve crederci.

«Ma è sicuro di sentirsi bene?».

No, non stava bene per niente.

Il resto della giornata il De Angelis lo passò chiuso in casa, con la finestra serrata e gli scuri sbarrati, avvolto in pensieri di morte e di vendita della BMW, che nel suo caso più o meno erano la stessa cosa.

Pensava e ripensava alle sue avventure e all'avventuriera: come può la gente essere così crudele? Era tutto un piano prestabilito? Era d'accordo con quelli della Audi? Era d'accordo anche con quella signora che lanciava oggetti dalla finestra? Oppure no, era veramente inseguita e forse quelli che la inseguivano volevano i soldi da lei?

Cercava di ricostruire le vicende guardandole da tutte le angolazioni, ma la conclusione alla quale perveniva era sempre la stessa: era rovinato. Gli avevano portato via 5.900 euro, che non avrebbe visto mai più. Quella donna senza scrupoli non aveva esitato a truffare un povero anziano, che per giunta aveva rischiato la vita per lei. A intervalli regolari si spingeva fin sul ballatoio arroventato per lanciare uno sguardo malinconico sulla sua BMW. Presto le avrebbe dovuto dire addio.

Alle 19.27 per cena si fece due uova fritte, che a malapena riuscì a mandare giù.

Alla sera, pieno di amarezza, non sapeva dove battere la testa. Telefonare alla sorella Ernestina, per chiederle aiuto? O ai suoi nipoti? Ma perché il Consonni non c'era, proprio in quei giorni? Lui era l'unico che avrebbe potuto dargli dei consigli!

Così, mestamente, si dispose a vedere un altro film della sua cineteca. TV, VHS e poltrona erano sempre lì, sul ballatoio. Prese un'altra cassetta della collezione, ancora un film di Dino Risi, «Il sorpasso», che fra l'altro si svolge interamente durante la giornata di Ferragosto. Era proprio sconsolato, sperava di avere dalla visione un minimo di sollievo. Anche quello era un film che conosceva quasi a memoria. Mentre stappava l'ultima birretta Dreher che gli era rimasta in frigo arrivò la signorina Mattei-Ferri, accaldata, sulla sua sedia a rotelle, pronta a rimproverare il vecchio perché il ballatoio non è un cinema, ma talmente divorata dalla curiosità di sapere che cosa ci facesse Elenoire Casalegno nell'appartamento di De Angelis da non essere in grado di proferire verbo.

«Ah, buonasera signorina Mattei, come sta?» disse fatalisticamente il Luis. «Vuole godersi anche lei il film qui al fresco?».

La Mattei-Ferri fu colta di sorpresa, non si aspettava l'invito.

«Ah, beh, sa, non sarebbe permesso utilizzare il ballatoio per usi personali, ma con questo caldo... in fondo... ma che film è che guarda, in bianco e nero?».

«Si accomodi signorina, si accomodi pure» affettò Luis, senza pensare che la Mattei seduta lo era già, sulla sua sedia a rotelle.

Il film iniziò e Vittorio Gassman irruppe con la sua Lancia Aurelia per le strade deserte di Roma nella calura, alla ricerca di un pacchetto di sigarette. Luis pensava che le Lancia erano delle grandi macchine e che quella Aurelia lì era un capolavoro. La decappottabile guidata da Gassman in qualche modo gli ricordò la sua roadster, dalla quale presto si sarebbe dovuto separare.

Nel corso della proiezione il De Angelis e la Mattei-Ferri non si parlarono affatto, eppure entrambi pensavano alla stessa cosa, vale a dire ad Elenoire Casalegno, per meglio dire l'una pensava a quella che veramente corrisponde al nome e di cui parlano le riviste scandalistiche, l'altro a quella che così chiamavano i ragazzi del Just, e che gli aveva rifilato un assegno falso.

«*A Robe', che te frega delle tristezze. Lo sai qual è l'età più bella? Te lo dico io qual è. È quella che uno c'ha giorno per giorno. Fino a quando schiatta... si capisce*».

Nessuno dei due riuscì a concentrarsi sul film, per esempio si persero «*Io a Roma ci vado sempre malvolentieri: è triste, umida e antilavorativa*». Tantomeno poterono gustarsi l'ultima scena tragica con la morte di Jean-Louis Trintignant. Questo perché la signorina Mattei-Ferri si era addormentata quasi subito, mentre De Angelis non riusciva a evitare le funeste riflessioni sulla sua situazione. Neanche colse la coincidenza o il presagio: Trintignant si chiamava come lui.

Alla fine dei titoli di coda si riscosse e spense l'apparecchio. Gli doleva la schiena, a causa della forte umidità dell'aria. Senza svegliarla condusse la Mattei-Ferri fino al suo appartamento spingendo la sedia a rotelle. La lasciò così com'era, placidamente addormentata. Ebbe anche cura di coprirla un po' con un vecchio plaid che la signorina teneva sempre a disposizione, nel salottino.

Luis, con tragica calma, tornò in camera sua e si dispose a coricarsi. Ma a differenza della Mattei-Ferri non aveva sonno. Con gli occhi spalancati, fissi sul soffitto parzialmente illuminato dal lampione della corte, non poteva fare a meno di ripensare a tutte le avventure che gli erano capitate la notte precedente, fra la nostalgia e l'orrore. Moriva di caldo. Ah, l'anno prossimo installo almeno un ventilatore a pale orizzontali, aveva stabilito qualche giorno prima. Ma con quali soldi? Non riusciva a dormire.

I pensieri più disperati si affollarono quella notte nella sua testa. Prevedeva la definitiva eclissi della sua esistenza, ormai evidentemente giunta alla fine: che senso avrebbe avuto la sua vita senza la roadster? Poteva reggere a una simile condizione? E che avrebbero pensato gli altri inquilini? E sua sorella Ernestina? E come sarebbe arrivato alla fine del mese? Nel giro di pochi mesi aveva dilapidato i suoi risparmi per acquistare la BMW, poi per convincere il nipote Daniel a sostenere che era lui alla guida quando il De Angelis aveva preso tutte quelle multe con l'autovelox, senza contare l'ammontare delle sanzioni stesse... e la manutenzione... e il carburante... e adesso la truffa... In quel momento intravedeva un tramonto contrassegnato dalla vergogna e dalla reclusione, ma quanto avrebbe potuto realizzare con la BMW? Certamente meno della metà di quanto l'aveva pagata. Avrebbe dunque potuto recuperare la cifra a lui estorta, ma per fare che cosa? Ritrovarsi come prima, ma senza la roadster? Insomma, in questo quadro di previsioni tutt'altro che rosee il De Angelis mai si sarebbe immaginato che sul suo conto bancario nel giro di una decina di giorni sarebbero stati accreditati 10.393,51 euro pari a 13.000 franchi svizzeri dalla Banca Popolare di Presonzo, come in effetti accadde.

Ma per il momento questo lui non lo sapeva, non lo sapeva.

Gian Mauro Costa

Lupa di mare

«Brr... che freddo, pare un bagno scozzese. Ma dove mi portasti? E dire che là in capo c'è l'Africa... Ora capisco perché qua siamo sempre quattro gatti... Ci doveva essere qualche trucco...».

Baiamonte non si poteva capacitare: come, mancava solo qualche giorno a Ferragosto, e lui, che freddoloso non era stato mai, invece di un asciugamani per stendersi al sole avrebbe preferito un plaid e una stufa?

Rosa, che invece sembrava tonificata dal contatto con l'acqua, sorrideva al suo uomo mentre dava due bracciate: «Enzo, non ti facevo così *scantulinu*. Senti freddo perché stai con i piedi a mollo e non hai il coraggio di tuffarti. Se riesci a farlo, vedrai che ti abitui». E si allontanò ulteriormente con un altro paio di bracciate.

Baiamonte si bagnò viso e capelli e riguadagnò la terra saltellando come un piccione azzoppato. Agguantò l'asciugamani che Rosa gli aveva comprato a una bancarella e si sistemò sulla poltroncina da spiaggia avvolgendosi nella stoffa come un nomade nel deserto. Di deserto, comunque, si trattava davvero. Innanzitutto perché a quell'ora, le otto del mattino, in giro si trovavano solo stralunati, randagi, venditori ambulanti, mezzi matti («sì, come quel tipo in maglietta e calzoncini che sta arrivando di corsa tutto sudato. Non li capisco questi: invece di farsi una vacanza, sputano l'anima peggio che ai lavori forzati...» pensò). E poi perché il mare di Menfi, gelido come l'oceano, sembrava un vero e proprio scherzo contronatura fatto alla Sicilia, e teneva alla larga le leggendarie orde balneari. Enzo si godé per qualche istante lo spettacolo della sua donna, la sarta, che nuotava con eleganza nel costume monopezzo nero («castigato come le si addice, ma decisamente arrapante») e, ormai pacificato, passò a contemplare la distesa d'acqua trasparente con occhi meno ostili.

«Il fatto è», ragionò poi con piglio scientifico, «che qui siamo sul versante meridionale della Sicilia, e le cose sono tutte al contrario». E infatti oltre quella spiaggia desertica, oltre quella fascia di mare freddo come in pieno inverno, si aprivano altri mondi. A partire dall'Africa, dal bianco abbagliante della sabbia e dei denti dei suoi abitanti, dalla luce lattea delle sue notti piene di rumori incomprensibili e di battaglie titaniche con la natura. L'Africa, che Baiamonte aveva sognato grazie alle avventure dei suoi fumetti, adesso ce l'aveva di fronte, invisibile ma lì, appena dietro la linea dell'orizzonte. Sì, perché a Menfi, il mare era il sud, guardava dritto in faccia ai pirati, non dava le spalle ai misteri, agli abissi sottomarini. Per uno come Baiamonte, un palermitano abituato da sempre a fissare il mare come una stella polare, messo lì a indicare il nord, il nord delle emigrazioni, delle certezze, dei sogni terragni, si trattava di una bella inversione di prospettiva, di un cambiamento da capogiro. Come quello che, nella sua vita, lo aveva portato a trasformarsi da modesto ed efficiente elettrotecnico a investigatore ormai professionista, ricco di intuito e povero di incarichi.

Ed eccolo lì, intabarrato come un beduino, col berretto in testa, seduto sulla seggiola da spiaggia per evitare contatti troppo intimi con la sabbia, a filosofeggiare sui due mari della Sicilia («Due? Tre? Be', è vero quello che dicono poeti e scrittori: siamo in un'isola...») e a interrogarsi sul suo presente: «L'hai voluta la bicicletta? Adesso pedala. Trova un caso da seguire, un incarico da farti affidare. Magari qui ti capita di ritrovare il barboncino di una baronessa che si è perso tra le dune, di recuperare il canotto a forma di ochetta portato via dalla corrente, di scoprire un misterioso traffico gestito da... dagli scarabei». Interruppe l'esercizio di autocommiserazione per allontanare dal suo piede uno dei milioni di scarabei che popolavano, non sempre con assoluta discrezione, la spiaggia di Menfi. Insettoni lucidi, innocui e all'apparenza puliti: «Sarà per questo», rifletté, «per la loro presunta igiene personale dovuta al potere disinfettante dell'acqua di mare, che a Rosa non fanno schifo. A me, però, sembrano né più e né meno *scravagghiuni*». Ma, del resto, a Rosa, tutto in quei giorni sembrava meraviglioso. Fosse apparso un mostro marino, con denti da squalo e criniera di fuoco, gli avrebbe detto: «Enzo, lo vedi quel cuccioletto? Non trovi che sia un amore?».

E già, guai a turbare, a minacciare, l'idillio della sarta per quei giorni di vacanza conquistati accanto al suo uomo: «Lo sai, Enzo? Non passavo una notte fuori di casa da quando mio padre, prima di scomparire in America, ci portò, con le mie cugine...». No, Enzo non avrebbe fatto nulla per rompere quell'incantesimo. Rosa se lo meritava, eccome. Per non scontentarla si sarebbe messo a fare il girotondo con gli scarabei, a spalmarsi sul corpo, senza un lamento, le schifezze puzzolenti contro le punture di zanzare e pappataci, a guardare in estasi un tramonto dopo l'altro sulla spiaggia, a spruzzarsi l'acqua addosso... Sì, magari avrebbe anche superato la prova di immergersi in quella specie di ghiaccio liquido, dissimulando il tremore con la scusa di aver bevuto un caffè di troppo.

In fin dei conti, era anche la sua vacanza. La sua prima, vera, vacanza. Da bambino aveva fatto solo un paio di interminabili viaggi in treno (in prima classe, però, grazie al padre capostazione) per la settimana di cure termali a prezzo speciale riservata ai dipendenti delle Ferrovie. Poi era cominciata la placida e torpida serie infinita delle estati trascorse a Palermo, nel recinto rassicurante del quartiere Zisa: i suoi vicini, i suoi amici, i suoi negozianti non facevano differenza tra Pasqua e Ferragosto, tra un martedì e un sabato. Modificavano appena gli orari e adattavano il loro abbigliamento senza particolari patemi, senza le strane frenesie della gente dei quartieri alti, votati a spopolarsi in ossequio agli imperativi dell'estate.

Ma adesso, e gli sembrava incredibile, toccava a lui stare lontano da casa, «prendersi una pausa» (ma da che cosa, dagli acquisti di frutta e pesce al mercato di corso Olivuzza?), rifiatare prima di rituffarsi nel lavoro (magari avesse trovato al suo ritorno quattro o cinque fascicoli di casi da risolvere al più presto). Qui di tuffi c'erano solo quelli di Rosa, che ora però stava uscendo dall'acqua per distendersi accanto a lui. Poi, con un sospiro di beatitudine, la sarta inforcò gli occhialoni da sole comprati dal marocchino di passaggio e aprì la rivista acquistata all'edicola-tabacchi del paese nel corso del giro di spese mattutine: «Una vera signora» osservò Baiamonte.

Erano lì da tre giorni, ci sarebbero restati per altri quattro, ma sembrava che avessero già una loro routine: di primo mattino al mare, poi, a mezzogiorno, la ritirata in albergo per una doccia. Quindi una puntata in paese, a bordo della fedele Punto di Enzo, per comprare pane, pesce fresco o una vastedda di caciocavallo. E poi la preparazione del pranzo nell'angolo cucina della camera, un riposino con qualche scambio di tenerezze più o meno spinte, nuovamente in spiaggia e, infine, la serata. Rosa stava a lungo in bagno a prepararsi. Enzo, dopo aver sbrigativamente indossato un paio di comodi pantaloni di cotone e una polo, l'aspettava leggendo il giornale nella piccola hall dell'albergo. E, alla fine, pronti a immergersi nell'aria calda e nelle strade affollate del paese, tra uno stand e l'altro, per una degustazione di vino e un assaggio di formaggi o conserve. Mostravano i loro biglietti d'invito come due bambini felici di aver vinto la lotteria scolastica e si sorbivano compitamente dibattiti enogastronomici e imbonimenti commerciali, guardandosi intorno nel timore di risultare due intrusi o nel compiacimento di appartenere a una schiera di eletti. Già, in quei giorni Menfi ospitava una manifestazione vinicola tra le più rinomate, che richiamava esperti da ogni parte d'Italia. Quel paesone, cresciuto su una rigida geometria lineare di palazzine tutte uguali e tutte brutte sulle macerie del grande terremoto del 1968, si era ricostruita una identità facendo fortuna col vino. Non si contavano più le cantine grandi e piccole, le cooperative sociali. E nelle campagne intorno al paese si stendevano a perdita d'occhio, declinanti sul mare, i filari dei vigneti. Le antiche ville dei nobili erano state circondate dalle abitazioni di coloro, ed erano davvero tanti, che direttamente o indirettamente lavoravano nel settore. Il benessere non aveva però cambiato l'anima del paese, né lo aveva contaminato. I fuoristrada in circolazione erano di proprietà di persone che li usavano in modo appropriato, per raggiungere zone isolate e non per percorrere intasate arterie cittadine. I locali pubblici erano rimasti alla buona, con i tavolini di alluminio e formica di un qualsiasi centro dell'entroterra, i negozi, pochi, erano specializzati in generi alimentari o in attrezzature agricole e articoli di ferramenta. Gli alberghi, ancora sparuti e non certo monumentali, mantenevano le caratteristiche delle pensioncine familiari, come quello dove Enzo e Rosa avevano trovato una sistemazione decisamente a buon mercato. E, nonostante il lunghissimo palmarès di bandiere blu che sancivano l'eccellente qualità del mare e dell'ambiente, non c'era stata l'invasione dei ricchi conquistadores palermitani o dei vandali della domenica. Tutte cose che rendevano meno arduo l'adattamento di Baiamonte all'insolita parentesi della sua vita. Menfi, insomma, poteva, con qualche sforzo di immaginazione, dargli l'illusione di essere la filiale estiva del suo quartiere.

Era stata una decisione un po' tormentata, la sua. Tutto era cominciato quando Rosa, raggiante, al termine di una delle cene che consumavano con regolarità a casa di lei, gli aveva sventolato sotto il naso il carnet di biglietti di invito alla rassegna enologica: «E che fu, Rosa, ti regalarono l'abbonamento dell'autobus?» era stata la sua prima, caustica, reazione.

«Ma non ci pensi, Enzo?» aveva fatto finta di nulla Rosa. «È una fortuna: il fidanzato di mia cugina, no quella, l'altra, Lisetta, no, ancora non l'hai conosciuta, e non mi fare confondere… Il fidanzato, ti dicevo, fa il rappresentante di una cantina di Menfi. E gli spettano i biglietti d'ingresso alle manifestazioni. Si beve, si mangia, tutto a gratis. E lì c'è un mare… Loro quest'anno non ci possono andare perché si marita la cognata… No, la sorella del ragazzo di Lisetta, e non ricominciare…».

Quando, la sera successiva, Rosa gli aveva comunicato che aveva preso informazioni, sempre grazie al rappresentante, su un alberghetto pulito ed economico, che faceva prezzi speciali per una settimana in coppia… Baiamonte aveva alzato bandiera bianca. E, date le circostanze, anche bandiera blu.

E adesso erano lì, a presidiare quel fazzoletto di sabbia. Rosa sfogliava la sua rivista e tirava lunghi respiri pieni di iodio e di beatitudine. Enzo, con gli occhi arrossati dal sale, non riusciva invece a rilassarsi. Viveva in un continuo stato di preallarme, come se da un momento all'altro dovesse accadere qualcosa. Il suo stato d'animo non era del tutto ingiustificato: su quella spiaggia arrivava all'improvviso un vento teso e impetuoso che sradicava gli ombrelloni e faceva volare salvagente e cappelloni di paglia. In questi casi, mentre Rosa magari sonnecchiava, lui doveva scattare lesto e improvvisare una sorta di gioco a guardie e ladri per acciuffare il maltolto prima che provocasse danni imbarazzanti agli altri bagnanti. Ritornava dopo qualche minuto, con il fiatone e con il trofeo in mano. Ma il suo atto eroico passava del tutto inosservato, perché Rosa si limitava a bisbigliare: «Certo, ogni tanto viene un venticello...».

«Venticello un cazzo» borbottava tra sé e sé. «E la bora come la chiameresti? Uno spiffero?».

Preferiva quindi immergersi nella contemplazione attiva. Guardava il mare contando il numero delle barche di passaggio o quello dei piloni delle reti che i pescatori avevano buttato al largo e che, a distanza, sembravano una colonia di gabbiani o le teste di migranti naufraghi, osservava l'ondulazione di pance e glutei dei bagnanti in transito con qualche, episodica, soddisfazione dei sensi. Aveva delineato una mappa abbastanza precisa della collocazione di ombrelloni e gruppetti di villeggianti disseminati lungo il litorale, si spingeva a scorgere in lontananza gli unici assembramenti di bagnanti all'altezza dei due varchi di accesso libero alla spiaggia, distingueva i cani randagi che, a branchi, si aggiravano a quell'ora alla ricerca di resti di cibo vicino ai contenitori di spazzatura a ridosso delle dune. E cominciava a conoscere le abitudini e le caratteristiche dei forsennati del *futting*. Come quel tipo che era passato poco prima e che, adesso, dopo aver raggiunto chissà quale boa personale, stava tornando indietro sui suoi passi lungo lo stesso tragitto. Un tipo dall'età indefinibile: poteva avere quarant'anni, ma anche essere un trentenne precocemente attempato o un sessantenne in forma smagliante. Indossava una maglietta verdastra e stinta dalle sudate abbondanti, pantaloncini rossi altrettanto sbiaditi, e un paio di scarpe sportive consumate. Capelli arruffati, un ciuffo appiccicato sulla fronte, un paio di occhiali da vista dall'imponente montatura nera e perennemente appannati, un incedere regolare, a passi piccoli e rapidi. Era già la terza mattina che lo vedeva transitare, sempre alla stessa ora e sempre con lo stesso curioso itinerario a zig zag: lasciava ogni tanto la battigia, si dirigeva verso le dune, girava dietro ai bidoni dei rifiuti, quasi li considerasse come le bandierine di uno slalom gigante, e ritornava sulla sabbia bagnata. L'uomo dalla maglietta color militar-balneare passò accanto a loro creando un lieve spostamento d'aria, come uno spiritello che si dilegua in un bosco, e una scia appena percettibile di sabbia sollevata. Enzo notò che quasi ricalcava specularmente le orme lasciate nel suo viaggio di andata. Segno rassicurante, osservò, che per quel giorno forse il vento gli avrebbe risparmiato il gioco di guardie e ladri.

Interruppe le sue maniacali esplorazioni visive: «Che ne dici di andare a vedere cosa offre oggi la signora Carmela?» disse all'indirizzo di Rosa, tutta presa da un articolo sul figlio di Belén.

«Be', se vuoi...» rispose premurosa la sarta, ma anche da mezzo miglio, lì dove il mare di Menfi si ritraeva per dare vita a una secca, si sarebbe capito che non moriva certo dalla voglia di interrompere il suo bagno di sole. Baiamonte ne prese prontamente atto: «No, ho cambiato idea. Tu resta qui, io devo fare un giro più lungo per trovare i miei sigari. Ci farò un salto io prima di tornare».

«Non ti dispiace, vero?» chiese con sollievo Rosa. «Io rimango ancora qualche minuto e poi vado in camera a preparare una bella insalata con i ciliegini e le cipolle rosse che abbiamo preso ieri...».

No, non gli dispiaceva affatto allontanarsi per un po' da quel luogo pieno di insidie e fare, da solo, un giro in paese. Certo, con tutta la buona volontà di questo mondo, non si poteva dire che la qualità della vita fosse paragonabile a quella del suo quartiere. Il caffè, per esempio. Per quanti bar avesse provato in quei giorni, dal pretenzioso Café de Ville (che anche alle sue orecchie non certo snob suonava di imperdonabile provincialismo: «E poi, 'sta villa dov'è?») al bancone improvvisato in mezzo a tabacchi, giornali e provoloni, il risultato era lo stesso: deprimente. Il liquido nella tazzina sembrava una specie di surrogato di liquirizia, e l'effetto, invece che di ritemprare e vivacizzare, induceva alla nausea e alla sonnolenza. E c'era poco da consolarsi per il fatto che la tazzina costasse venti centesimi in meno rispetto a quella servita nel suo bar «Milleluci»: l'avrebbe pagata anche cinque euro pur di bere un caffè come Dio, e il quartiere Zisa con lui, comanda. La signora Carmela, di contro, era stata una bella sorpresa. Il pesce che si trovava nel suo negozietto poteva ben figurare anche tra i banconi di corso Olivuzza. Posteggiò la Punto a un isolato di distanza, dopo aver superato non meno di venti incroci, tutti uguali e tutti senza segnaletica, perché sembrava che i menfitani si divertissero a giocare all'autoscontro in pieno centro, e si diresse verso la pescheria mettendo in moto al massimo di giri il suo olfatto per indovinare cosa avrebbe potuto trovare quella mattina.

«E buongiorno, signor Enzo». La signora Carmela aveva fatto presto a familiarizzare con quel nuovo cliente venuto dalla città ma con l'aria della persona esperta. Già al primo approccio si erano dilungati sulle caratteristiche delle diverse specie di pesce e della loro morte migliore in padella o al forno, avevano assieme convenuto che i vermi nella pancia della spatola andavano considerati come dimostrazione di buona salute da parte dell'abitante del mare, e avevano discettato sulla migliore commestibilità di una buona orata da allevamento rispetto a una cugina d'acqua salata cresciuta in ambiente non ospitale. Carmela, un donnone alto più di un metro e settanta, con due braccione capaci di sorreggere un peso di oltre cento chili, era rimasta conquistata dalla competenza e dall'affabilità di Baiamonte. E, mentre svuotava due grossi calamari («da non confondere con i quasi gemelli totani») con mani tozze ma efficienti, gli aveva sciorinato il racconto delle sue giornate con la stessa fluidità dell'acqua che spurgava cozze e vongole nel lavello accanto al bancone. Il pesce arrivava per lo più da Sciacca o da Mazara del Vallo. A portarlo in negozio ci pensavano alternativamente il marito di Carmela, Ignazio – che, basso e mingherlino com'era, creava un esilarante ossimoro di coppia – e l'anziano aiutante, Peppino, un cinquantenne scuro, rugoso e dal fisico asciutto, che lavorava in pescheria sin dai tempi del padre del donnone. Non tutta la merce, comunque, veniva acquistata ai mercati ittici. Parte del pesce proveniva dalle uscite notturne della barca di famiglia, guidata ora da Ignazio ora da Peppino, che si occupavano pure di raccogliere cozze, patelle e fasolari, insieme a meduse e minchie di mare («mi deve scusare, ma si chiamano così») e chissà quale altra minchia di frutto di mare. Poca roba, certo, rispetto alle richieste dei clienti nella stagione estiva, ma freschissima.

«E lei che mestiere fa?» aveva chiesto affabilmente la pescivendola a Enzo. E Baiamonte, persa in un baleno la sicurezza mostrata sino a quel momento, si era sentito un pesce fuor d'acqua. Definirsi «investigatore privato» gli sembrava equivoco e, soprattutto, un po' ridicolo. Si era dunque rifugiato tra le vecchie mura domestiche della sua precedente attività: «Be'...» aveva farfugliato, «faccio l'elettrotecnico».

La comunicazione suscitò nella signora Carmela un vero e proprio entusiasmo, manco avesse annunciato: «Sciocchezze, sono il socio di Agnelli alla Fiat» oppure «Sa, sono nel settore del petrolio. Mio cugino è l'emiro del Mammaliturkestan».

«Elettrotecnico? Che fortuna! Senta, allora un giorno di questi ce la dà un'occhiata alle nostre lampare, che non vanno tanto bene?».

«Funzionano ad acetilene o a corrente elettrica?». E la precisazione mandò in brodo di giuggiole e pesce la signora Carmela.

«Abbiamo un piccolo gruppo elettrogeno. Ma da qualche settimana si deve essere sminchiato... Mi scusi la parola, ma si dice così... Insomma, ogni tanto la luce diventa debole, che pare che si deve spegnere. E poi si riprende. E quando succede questa cosa, anche la luce bianca, sa, la luce bianca che si tiene a mezzo barca, quella che va a trecentosessantacinque gradi...».

«Trecentosessantacinque?» rifletté perplesso Baiamonte per trovare poi la soluzione: «Già, certo, nella barca della signora Carmela anche la geometria deve tener conto dell'ampiezza della titolare».

«... Le dicevo, anche la luce bianca si mette a *stupitiare* dietro alle lampare...».

«Be', così non mi posso pronunciare. Forse si tratta solo di un corto circuito, dovrei dare un'occhiata. Magari, prima di tornare in città...».

«Grazie, grazie, signor Enzo... Peppino, piglia *'a cascia* di pesce che teniamo di riserva per i clienti di riguardo».

E Peppino emerse dal retrobottega con una cassetta colma di ogni ben di Dio dotato di branchie, tentacoli o gusci. La scelta si indirizzò, dopo aver scartato un enorme polpo («che gli rompo l'osso del collo qui sul bancone e vede come le viene tenero», «no, grazie, ma la mia signora è un po' delicata e il polipo le fa impressione»), verso due spigole di mezzo chilo l'una. E a un prezzo davvero speciale.

«Le facciamo con la salsa di pomodoro in padella, per sbrigarci» annunciò poco dopo a Rosa che aveva già sistemato l'insalata sul tavolino del balcone affacciato sul mare aperto.

Tempo manco un'ora si erano sbafati tutto e si strusciavano sopra le lenzuola. Rosa portava ancora il costume ed Enzo non ebbe difficoltà ad apprezzare la praticità del monopezzo. Quanto erano belle quelle gocce di sudore che scivolavano da un corpo all'altro...

«Fammi dormire un po'» sussurrò la sarta, con gli occhi già chiusi, «stasera voglio essere in forma».

Già, bella camurrìa, quella sera c'era uno degli appuntamenti considerati più importanti dal calendario della manifestazione. Una degustazione *slofùd*, a cui Rosa teneva tantissimo. E che a Enzo faceva venire i brividi peggio di un bagno nel mare di Menfi: «Tutta 'sta sceneggiata solo per dire che bisogna masticare lentamente. Ma se a me lo raccomandava già mia nonna buonanima...».

Rosa, per la serata speciale, si era fatta davvero bella. Aveva raccolto i capelli sulla nuca e se li era appuntati con un fermaglio a forma di farfalla, aveva indossato un vestito di cotone leggero, nero, con i bordi di una fantasia a fiori colorati. E aveva calzato pure un paio di scarpe con il tacco.

«Niente di speciale» aveva minimizzato imbarazzata e compiaciuta dai complimenti di Enzo, «ho riadattato una vecchia sottana di mia madre con una stoffa allegra...». E si era stretta forte al braccio di Baiamonte mentre varcavano l'ingresso di uno dei bagli del paese allestiti per ospitare gli appuntamenti della manifestazione. Avevano diligentemente consegnato i loro ticket e si erano sistemati nei posti indicati lungo le tavolate predisposte per la degustazione. Che era partita con puntualità nordica sotto la guida dello chef di un ristorante dei Nebrodi, consigliatissimo dalla tribù delle mandibole lente. La lezione cominciò con una lunga illustrazione della bontà della «tuma persa». Davanti ai piatti vuoti – «e minuscoli», notò con preoccupazione Enzo – venne raccontata innanzitutto la leggenda sull'origine di questo «formaggio unico, inimitabile, che si produce soltanto in Sicilia e ormai esclusivamente in pochi caseifici specializzati». Un contadino, raccontò lo chef, doveva portare al suo signore una bella forma di tuma che, a causa della strada dissestata, rotolò giù dal carretto e si perse tra la vegetazione. Tempo dopo, grazie all'umidità del luogo, la sua crosta si era talmente ricoperta di muffa e indurita che il contadino, ripassando da quei luoghi, scambiò la sua tuma persa per una pietra rotonda. A quel punto del racconto, una squadra di camerieri distribuì nei piatti la porzione del formaggio.

«Minchia, di questo si tratta? E che ci vuole il binocolo?» scappò detto a Baiamonte nel constatare che la quantità servita non sarebbe stata sufficiente neanche a riempire lo stomaco di un cardellino.

Rosa gli rivolse uno sguardo di rimprovero e si mise a contemplare il pezzo di formaggio come se fosse una reliquia di Santa Rosalia.

Lo chef era passato a decantare caratteristiche e sapori. E giù una serie di paroloni che, Enzo ci avrebbe giurato, risultavano arabo al pubblico compìto che assentiva ritmicamente per mostrare di comprendere e apprezzare: «cappatura con olio d'oliva extravergine e pepe macinato», «occhiatura scarsa», «retrogusto che si avvicina ai formaggi erborinati». Enzo immaginò il suo salumiere di via Antonio Veneziano in un'esibizione del genere, e subito dopo si figurò la sua eventuale reazione: una sonora pernacchia. Ma non era finita: alla tuma persa andava accompagnata, per esaltarne al massimo il godimento, una pennellata di miele. Non un miele qualsiasi, sia chiaro. Il miele ricavato da una piantagione di agrumi, «perché il limone, e quel tipo particolare di limone che...».

Baiamonte staccò le comunicazioni. Dovette aspettare una buona mezz'ora prima che dallo chef sadico arrivasse il permesso di toccare il cibo e quindi, dopo una dovuta pausa, di annusarlo e infine portarlo alle labbra. Enzo trangugiò senza complimenti. Rosa ebbe l'abilità di farne addirittura tre bocconi, ogni volta chiudendo estasiata gli occhi. La serata sembrò interminabile a Baiamonte e al suo stomaco vuoto. Se per il formaggio se l'erano cavata in una trentina di minuti, per l'assaggio di una porzione di suino nero (su cui il cardellino digiuno di cui prima si sarebbe scagliato affamato dimenticando pure di non essere carnivoro) ci volle un'ora sana. Anche perché la lezione necessitava stavolta dell'entrata in campo del vino rosso da abbinare. E con il vino, un suo decantatore diverso. Lo chef a questo punto annunciò l'arrivo di un ospite speciale, tale Francesco Chiarino, un enologo piemontese ancora giovane ma già di grande esperienza, acquisita nella patria d'origine dei grandi barolo e barbera e affinata grazie a una lunga trasferta in Australia e in California, terre ormai all'avanguardia per qualità dei vitigni e sperimentazioni creative. E con grande sorpresa di Baiamonte apparve l'uomo in maglietta verde e pantaloncini rossi. Certo, per l'occasione indossava un abbigliamento più consono: camicia azzurra, giacca di cotone in tinta e un paio di pantaloni blu, ma gli occhiali sembravano ancora appannati come se fosse appena tornato da una delle sue affannate corse sulla riva.

Chiarino esordì invece con una voce calma, suadente, colloquiale. Cominciò a parlare di vini, terreni, vitigni, come se descrivesse le imprese o le birbonate di nipotini prediletti e un po' viziati. Baiamonte non si concentrò tanto sulle parole quanto sui gesti e sul portamento di quell'uomo che adesso gli appariva così diverso dallo sportivo sciamannato conosciuto sulla spiaggia. E decise che quel piemontese «era una gran persona perbene». Anche perché non tardò a invitare gli astanti ad assaggiare un Nero d'Avola e, dopo un breve commento, si congedò dando fine alla serata.

Enzo e Rosa riconquistarono il calore del corso del paese, popolato da branchi di ragazzi che simulavano ubriacature per concedersi libertà che altrimenti sarebbero state represse, dai paesani che ciondolavano avanti e indietro disposti su file generazionali, i nannò avanti e i picciriddi in coda, dai cittadini che si erano costruite le villette lungo il litorale e si beavano dei democratici riti di massa mentre consumavano coni di gelato o coppi di semenza.

Enzo non si trattenne più: «Rosa, ti devo dire la verità: sto morendo di fame. Che ne dici se ti porto alla rotonda di Lido Fiori dove c'è il chiosco di 'zu Petru? Mi hanno detto che fa certe porzioni gigantesche di sarde passate sulla brace...».

Un'ora dopo, Baiamonte si sentiva finalmente soddisfatto. E Rosa, che aveva simulato solo per un attimo di essere sazia degli assaggini aristocratici, ritrovò la sua vena verace e commentò: «Avevi ragione. Avevo un *pitittu*...».

Rimasero ancora un po' seduti al tavolino della rotonda, godendosi la brezza di mare e osservando con piacere la gente semplice che si abbuffava di sarde e birra locale. Dal vecchio juke-box fuoriusciva una sequenza di canzoni neomelodiche che il Baiamonte versione investigatore aveva già avuto modo di conoscere e, in qualche modo contorto, apprezzare in una recente indagine.

Alla fine si alzarono un po' intorpiditi e si avviarono verso l'albergo. L'indomani, vigilia di Ferragosto, la sveglia di Rosa sarebbe suonata presto, alle sette del mattino, per non tradire il consueto appuntamento con la spiaggia.

Appena toccato il letto, la sarta si addormentò. Enzo, invece, aveva di nuovo le smanie. Sentiva caldo, lo stomaco brontolava per i disordini della serata, per il brusco passaggio dall'inedia allo strafogo. Mise in azione il ventilatore a pale della camera, cercò di far uscire dalla mente l'accozzaglia di immagini, il frastuono dei colori e delle emozioni di quei giorni. Troppe novità, a cominciare da quella inedita vita di coppia. Sinora le cose con Rosa erano filate lisce grazie alla scelta di vivere ognuno nel proprio appartamento, di riscoprire ogni volta il piacere di rivedersi, di condividere una cena e il letto. Ma da quel letto, a una certa ora della notte, Enzo si alzava, si vestiva, e tornava tra le lenzuola di casa. Adesso, sentiva Rosa respirare profondamente al suo fianco, scorgeva nella penombra il suo viso rilassato, la sua pelle abbronzata. No, non era ancora pronto per far diventare permanente quella situazione. Non era disposto a progettare una convivenza, peggio, un matrimonio. E, se per questo, tornava a dubitare di aver fatto la scelta giusta prendendosi il patentino di investigatore. Avrebbe avuto un futuro come detective? Alla sua età? Sarebbe stato costretto, per sbarcare il lunario, a occuparsi nuovamente di coppie infedeli?

Si sentì soffocare e decise di andarsi a fumare un mezzo toscano sul balcone. Il juke-box della rotonda era stato ormai spento. Il litorale di Menfi era scivolato nel silenzio. Sulla spiaggia buia, il riverbero dei lampioni della strada vicina, delle rotonde con gli accessi al mare, che durante il giorno si sarebbero riempite di bancarelle e delle auto dei bagnanti. In fondo, a destra, le luci di Porto Palo, con le ultime pizzerie aperte per un pugno di avventori. Dall'altra parte, la sagoma del promontorio che nascondeva Sciacca. La fiamma del suo accendino attirò un'altra delle strane creature che popolavano quella zona. Ne aveva fatto conoscenza già la prima sera della loro vacanza. A Menfi li chiamavano cervi volanti: erano insettoni più grossi di un calabrone, scuri ma provvisti di due protuberanze, una sorta di corna, argentee. Sembravano ciechi, o, più probabilmente, dato il territorio di nascita, ubriachi fradici. Volavano come aerei colpiti da un missile, esibendosi in acrobazie insensate sino a quando non andavano a sbattere contro un oggetto o, preferibilmente, una persona. A quel punto, restavano letteralmente stecchiti, con l'addome rivolto in alto. Ma non erano morti. All'improvviso riprendevano il volo e si perdevano nel buio da cui erano arrivati. Enzo seguì con cautela i movimenti del suo visitatore che entrò in collisione con un piede del tavolino e atterrò bruscamente, all'apparenza folgorato.

«Non ci casco, è inutile che fai questa sceneggiata» gli disse. E ritrovò il buonumore. Chissà quale strana associazione gli aveva sollecitato il cervo volante. Si sporse dalla ringhiera tirando qualche densa boccata di fumo e contemplò il mare. Cominciò ad avvertire il crescente rumore delle onde che si infrangevano sulla spiaggia. Il vento soffiava dall'Africa, da sud. La mareggiata, pensò, avrebbe corroso ulteriormente la spiaggia e l'avrebbe disseminata dei regali balordi custoditi dal mare. Si accorse che i puntini luminosi delle barche al largo tornavano velocemente verso terra, in direzione dell'approdo di Porto Palo. Ne seguì gli spostamenti. Una delle imbarcazioni rallentò a poca distanza dalla riva, proprio nei pressi del tratto di spiaggia dove lui e Rosa si piazzavano ogni mattina. Dal balcone Enzo riusciva ad avvertire finanche il rumore del motore che turbinava nell'acqua. Rimase ipnotizzato da quel suono, dal dondolìo delle luci di posizione della barca. Il cervo volante si rianimò con la stessa rapidità con cui prima aveva simulato di morire. E parve volare in direzione di quel chiarore forse per lui più seducente. A un certo punto Enzo non capì più se quel bagliore irregolare fosse dovuto al movimento delle sue palpebre che si chiudevano al sonno. Gli sembrò anche di intravedere una lieve scia di schiuma bianca che si allontanava dallo scafo, come se qualcuno stesse nuotando verso la spiaggia. Cercò di mettere meglio a fuoco l'immagine, ma aveva gli occhi stanchi e quasi si assopì perdendosi nello spazio e nel tempo dettati dal mare. Dopo un po' rivide la schiuma bianca, stavolta in direzione opposta, e sentì più forte il ronzio del motore che riprendeva il suo sforzo. Enzo, infastidito dall'intermittenza delle luci, capì che era ormai pronto a dormire. Rientrò in camera e si distese accanto a Rosa.

Poche ore dopo, un sole forte ma velato da una cortina di nuvole aveva cancellato del tutto suggestioni e melanconie della sera precedente. Tutto era tornato a posto: Rosa si era già tuffata in acqua con l'entusiasmo di una ragazzina, Enzo aveva preso posto sulla solita poltroncina e si era dedicato all'esame della sua pancia, che aveva raggiunto un'ampiezza o forse solo una libertà di esposizione mai avuta prima: «Vuoi vedere che questi pasti *slofûd* non solo ti fanno morire di fame, ma ti fanno pure ingrassare?». Vicino ai due accessi liberi sulla spiaggia, stavolta, il formicaio dei bagnanti sembrava più popoloso, preludio di due giorni di relativo intasamento per gli standard del luogo. Ma non tanto da rompere la placida routine del litorale. Chi doveva correre correva, chi contava di pescare qualche pesciolino da frittura aveva già proteso in acqua la canna a mulinello, le famigliole nordiche abituate agli orari militari avevano steso i loro tappetini e piantato il presidio dei loro ombrelloni, due belle ragazze, sempre sole e sempre provviste di un nutrito rifornimento di libri e creme solari, l'una bruna e scura di capelli, l'altra dalla pelle bianca e i capelli biondi che sembrava una tedesca («due insegnanti di scuola? No, magari due scrittrici in ritiro. E chissà se non descrivono in una delle loro pagine pure me e Rosa...») si erano già spaparanzate a pancia in giù sull'enorme asciugamani che delineava una specie di terrazzina di stoffa con vista sul mare. Ma ogni gruppetto era separato da una voluta area di rispetto, di distanza territoriale: nessuna promiscuità, nessun accavallamento di discorsi e frequenze radio.

Baiamonte stava quasi pensando che questo anomalo Ferragosto fuori le mura della Zisa lo avrebbe ricordato con piacere. Ma proprio in quel momento notò un'espressione allarmata sul viso di Rosa, che si trovava a una ventina di metri dalla riva. Si alzò di scatto, pensò alla ustione di una medusa o a un attacco di crampi, temette di dover avviare un improbabile tentativo di salvataggio in acqua. Poi un'ombra calò su tutto lo scenario ed Enzo rivolse gli occhi in alto. Gli sembrò di essere finito dentro un pauroso fumetto degli X-Men. Il cielo era diventato scuro come per un'improvvisa eclissi, ma a fare spavento non era tanto il suo colore, che poteva magari annunciare l'arrivo di un forte temporale estivo, quanto il fatto che il buio era tutto addensato in un'immensa onda d'aria che procedeva, a velocità, dal largo verso la riva, come un buco nero pronto a inghiottire tutto. No, non aveva neanche l'aspetto di una tromba d'aria, sembrava piuttosto una cappa malefica gettata dall'alto per ghermire uomini e cose. Un minishow dell'Apocalisse.

«Rosa!» urlò Enzo con la voce strozzata, mentre i pochi vicini di spiaggia radunavano le loro cose per allontanarsi in fretta. Fu l'ultima immagine che vide prima di ritrovarsi immerso in un bianco surreale, come se le nuvole fossero state schiacciate per terra, una nebbia granulosa e diffusa che cancellava ogni contorno della realtà, concedendo solo qualche sbiadita macchia verde della piantagione delle dune, o lo sbaffo rosso del più acceso degli ombrelloni: lo spot minaccioso di un improbabile paradiso. Poi solo bianco fitto, solo una spessa cortina lattea.

Qualcuno gridò: «È arrivata la Lupa!». Ed Enzo pensò davvero che senza l'aiuto degli X-Men non ce l'avrebbe fatta. Cercò di avanzare nella presunta direzione del mare, disorientato, continuando a chiamare Rosa. Ma la sua voce angosciata fu sopraffatta da uno, due boati. Il fragore di due esplosioni ravvicinate, urla, latrati laceranti. Ma che minchia succedeva? C'era davvero una lupa? Venne colpito da qualcosa alla gamba, un secchiello di plastica, poi si sentì lambire il piede da una carezza gelida: era arrivato sulla riva battuta dalle onde. Tornò a chiamare la sua donna. E questa volta, dalla nebbia, pervenne una risposta. Giocarono di rimando, chiamandosi a vicenda, per guidare i loro passi, sino a quando Enzo non intravide la sagoma nera del costume di Rosa. Pochi istanti dopo erano l'uno nelle braccia dell'altro. La sarta tremava: «Ma che fu? Scoppiò la guerra atomica? Il cielo si scurò e buttarono una bomba...».

Enzo non provò neanche ad abbozzare una risposta. Si guardava intorno e, adesso, i suoi occhi riuscivano a vedere decisamente di più. La cortina sembrava essersi diradata, si spostava, sospinta dalla brezza, oltre i gigli delle dune, verso la macchia mediterranea che cingeva il litorale. Restarono immobili, sino a quando la nebbia non si ridusse a piccole strisce di fumo e vapore presto dominate dalla ricomparsa rassicurante dei raggi del sole. L'incubo era durato solo qualche minuto. Il tempo, appunto, del trailer di un film alla *Day After*. La spiaggia era tornata all'apparenza quella di prima. Ma non era vero. Enzo scorse a una cinquantina di metri di distanza, a ridosso della duna, due piccoli corpi: uno immobile, l'altro che si contraeva negli spasmi, emettendo un disperato lamento. Si staccò da Rosa, avvicinandosi con il cuore in tumulto alle sagome riverse sulla sabbia: erano due cani. O meglio, quel che restava di due randagi che, come sempre a quell'ora, perlustravano la spiaggia per chilometri e chilometri. Le due vittime delle esplosioni che avevano sentito. Già, ma perché la strana nebbia che era calata dal mare, dall'Africa, aveva portato con sé quei botti?

«Fu la mareggiata di ieri sera» spiegò il maresciallo al gruppo di curiosi che si era radunato pochi minuti dopo intorno al luogo dell'esplosione. Erano arrivate infatti una pantera dei carabinieri e una squadra di operai del comune. Avevano rimosso le due carcasse e recintato con paletti e bande di nastro adesivo il fazzoletto di sabbia incriminato. «In questa zona purtroppo ogni tanto succede. Quando il mare è agitato le onde rilasciano relitti delle navi di passaggio o liberano chissà da dove cocci di vasi antichi oppure ordigni bellici imprigionati per decenni sul fondo marino».

«Tutta questa zona di mare fu lo scenario dello sbarco degli Alleati durante la seconda guerra mondiale» proseguì il militare, mentre osservava e guidava il lavoro degli operai. «Chissà quante imbarcazioni piene di armi ed esplosivo si trovano nei fondali. O bombe cadute dagli aerei in acqua e poi trascinate a riva. Ma questi grossi ordigni, per fortuna, ce ne vuole per farli esplodere… E sinora non è mai accaduto. Oggi poi, sfortuna nella sfortuna, si trattava di due mine: basta una leggera pressione, se la spoletta è stata tolta o si è danneggiata in tutti questi anni, per far saltare in aria un cristiano…

Invece ci andarono di mezzo queste povere creature. Noi non ci muoviamo di qua sino a quando non saranno venuti gli artificieri per fare un controllo accurato. Per oggi è meglio non stare qui intorno...».

Una maledetta coincidenza, dunque, rifletté Baiamonte che, nel frattempo, aveva acquisito anche dettagliate informazioni sulla Lupa. Veniva chiamato così un fenomeno che si presentava puntualmente a Menfi due, tre, quattro volte, nel corso della stagione più calda, e capace di buttare nell'angoscia chi non ne era a conoscenza. La gente abituata, invece, se lo godeva come una bizzarria della natura. Si trattava dell'aria rovente del Sahara che, proveniente dall'Africa, attraversava il vasto specchio di mare verso la Sicilia raffreddandosi lungo il percorso. E producendo, per il forte sbalzo di temperatura, un enorme sciame di bollicine di vapore acqueo che oscurava rapidamente il cielo, come una biblica invasione di cavallette. Avvolgeva tutto e tutti, poi, sempre con rapidità, si diradava. A volte durava solo un paio di minuti, a volte persisteva anche per mezz'ora. Si limitava ad annebbiare la spiaggia perché il calore della terra la disperdeva. In molti, in paese, non l'avevano neanche mai vista, la Lupa. E questo contribuiva a renderla leggendaria.

«E già» aveva commentato qualcuno «questo è l'unico pezzo di terra dove lo scirocco fa rizzare i peli dal freddo. Ma dopo pochi chilometri riprende il suo vero aspetto».

Baiamonte ebbe la certezza di essere finito davvero dall'altra parte del mondo. Le due ragazze, la bruna e la bionda che sembrava, e forse lo era, una tedesca, raccolsero i loro libri, e, turbate dal fragore del mondo reale, ripiegarono al di là delle dune, verso la loro villetta. Il «piemontese perbene», l'enologo nuovamente in versione *futting*, vagava con aria disorientata e accorata sulla spiaggia come se l'esplosione, oltre a dilaniare i due poveri cani, avesse mandato in frantumi un'enorme cantina di vini pregiati. A Enzo venne quasi voglia di porgergli le condoglianze e di rincuorarlo. Il gruppo dei curiosi non accennava a disperdersi. Anzi, dalle estremità dei due varchi liberi, sopraggiungeva altra gente. Per quel giorno nessuno avrebbe avuto più voglia di farsi un bagno a mare. L'effetto Lupa condizionava chi l'aveva vissuto. Le madri stringevano le mani dei bambini, nel timore che la nebbia li potesse rapire. Chi poco prima si era trovato in acqua per una nuotata o per raccogliere qualche vongola, si guardava bene dal riprendere contatto con il mare. Rosa, ancora scossa, lanciò a Enzo un'occhiata eloquente. E si diressero verso l'albergo. La spiaggia si mostrava ora del tutto indifferente al pandemonio che era successo. La risacca aveva ripreso il suo consueto affanno. Gli ombrelloni, come immalinconiti o imbronciati, avevano tirato giù le loro teste colorate. Un pallone, dimenticato da tutti, ondeggiava tra l'acqua e la battigia, ancora incerto se fuggire in cerca di avventure in mare aperto. Una maglietta bianca con un disegno di Paperino era stata abbandonata sulla spiaggia da un bambino distratto oppure da una ragazza smaniosa. A Enzo venne voglia di raccattarla e infilarla per dispetto in uno dei grandi recipienti della spazzatura che punteggiavano il litorale: gabbie cilindriche che contenevano bidoni di alluminio con le pareti foderate da sacchi neri di plastica. Venivano svuotati con meticolosità svizzera a giorni alterni, come Baiamonte aveva già annotato nel corso delle sue lunghe contemplazioni attive. E si trovavano l'uno a un centinaio di passi dall'altro. Non oppose resistenza al suo impulso: si avvicinò rapidamente alla maglietta, l'afferrò e raggiunse il contenitore. Si fermò guardandosi intorno. C'era stato più movimento del solito, quel giorno: orme lasciate da scarpe si sovrapponevano a tracce inequivocabili di zampe. Si voltò indietro: da lì al luogo dell'esplosione la distanza di un centinaio di metri, quella che separava un contenitore dall'altro, quasi un percorso segnato da una successione di pietre miliari.

Percorso, pietre miliari... Baiamonte cominciò a riflettere, con la maglietta ancora in mano. Cercò di individuare, fra i tanti, il balcone corrispondente alla sua camera d'albergo. Studiò la prospettiva e le distanze, rievocando la scena della notte appena trascorsa, quando, affacciato alla ringhiera, fumava il sigaro. E gli sembrò che le linee si intersecassero al punto giusto.

«Ma che stai facendo?» interruppe il suo rapimento Rosa, che lo guardava con espressione perplessa. «Ti sei incantato con quella maglietta in mano?».

«No, scusami» si riprese Enzo, che si liberò subito dell'indumento gettandolo nel sacco della spazzatura. «Stavo facendo un calcolo...».

E Rosa, ormai abituata alle frasi sibilline di Enzo, lasciò perdere: «In camera abbiamo ancora un po' di vastedda, pomodori e pesche. Se ti accontenti... Magari vai a comprare un filone di pane fresco... Tanto è ancora presto».

Baiamonte scartò l'idea del piccolo spaccio che avrebbe potuto raggiungere a piedi e che ogni giorno prometteva il pane nero di Castelvetrano e preferì prendere l'auto per dirigersi in paese. Comprò al panificio un filone e anche due porzioni di uno sfincione del luogo che gli avevano raccomandato. Poi, invece di rientrare in albergo, puntò sulla pescheria della signora Carmela.

«E buongiorno, signor Enzo» l'accolse la donna con il consueto calore. «Guardi, ai clienti di riguardo come a lei ci dico che oggi pesce non ce n'è. Ci fu mareggiata stanotte, la barca non è uscita. E manco ci abbiamo provato con gli altri posti. Ieri sera, con mio marito, ce ne siamo stati belli tranquilli a vedere Milly Carlucci alla televisione. Certo, alla gente che passa, qualche orata gliela vendo. Ma a lei ci dico: venisse domani...».

Non fu tanto il trattamento di riguardo a rendere perplesso Baiamonte, quanto un'immagine che affiorava dalle sue insonnie.

«Signora Carmela, la ringrazio, passerò domani. Ah, pensavo: magari più tardi trovo un po' di tempo per dare un'occhiata a quelle lampare... Mi dice dov'è ormeggiata di preciso la sua barca?».

«Rosa, per mangiare, può aspettare ancora una mezzoretta» decise in testa sua Enzo, una volta a bordo della Punto, e imboccò lo stradone che conduce a Porto

Palo, punto di partenza e di approdo dei pescatori della zona.

Arrivò in meno di cinque minuti e s'incamminò sulla banchina alla ricerca di una «Mamma Carmela» di otto metri. Non faticò a individuarla: attraccate al molo c'erano solo una dozzina di imbarcazioni. «Mamma Carmela» non faceva sfigurare la donna in omaggio della quale portava il suo nome: fasciame vecchio e dall'apparenza solida, appena rinfrescato da una tinteggiatura pastello, fiancate larghe e tozze, cabinato bianco scrostato, dappertutto attrezzi, reti, secchi, cesti, cime, bidoni. E tanfo di pesce, corda bagnata, birra e sudore.

A bordo, Baiamonte non vide nessuno. Se per questo, l'intero molo sembrava una natura morta, appena ravvivata dallo sciabordìo delle onde. Poi, si accorse di un uomo piuttosto anziano, con la barba di qualche giorno, seduto in un angolo a districare un groviglio di reti e nasse. Gli si avvicinò.

«A chi appartiene lei?». Fu la prima reazione del vecchio, ma non c'era ostilità nelle sue parole, piuttosto curiosità e, volendo, disponibilità.

«A nessuno» lo tenne a freno Enzo e subito: «Cercavo qualcuno della "Mamma Carmela"».

«Sta parlando di Peppino?».

«Peppino?» si chiese Baiamonte, ricordandosi poi che era il nome dell'impiegato o socio in affari della pescheria. «Sì, Peppino. Cercavo proprio lui».

«*'Un si vitti 'nta matinata*. Io arrivai qua che manco aveva finito di albeggiare. E la *varca* è stata sempre al suo posto. E *'un c'era nuddu*. E manco nelle altre *varche*. Che ieri sera ci fu la mareggiata e non era cosa di andare a pescare. E quei pochi che ci provarono, rientrarono di subito. Anche se poi, tempo una due orate, si mise buono di nuovo».

Enzo lo salutò con un cenno della mano e riprese a osservare il molo. Già, non si vedeva movimento né sulla «Mamma Carmela» né sulle altre *varche.* Eppure qualcosa nella geometria mentale di Baiamonte non quadrava. C'era una dissonanza, una linea irregolare, un'anomalia... Sì, ecco che cos'era: la «Mamma Carmela» era ormeggiata più vicina al molo rispetto alle altre imbarcazioni. Questione di qualche metro soltanto, ma la differenza non sfuggiva all'occhio pignolo di Enzo. A bordo della «Mamma Carmela» sarebbe potuto salire con un semplice salto, mentre per fare la stessa operazione sulle altre avrebbe dovuto prima avvicinarle tirando la cima...

Gli venne un dubbio, prese dalla tasca il telefonino e lo accese. A malincuore, perché si era ripromesso in quei giorni di staccare davvero la spina. Anche perché aveva previsto che difficilmente lo avrebbero cercato per affidargli un caso: chi era a conoscenza del suo numero di cellulare, a parte quattro amici e parenti? Compose il numero del suo compagno di scopone Mariano Lopez, il tabaccaio, che sapeva appassionato di pesca.

«Enzuccio, che piacere sentirti» esordì Lopez. «Come te la passi lì a Menfi? Te la stai sguazzando, eh, te la stai sguazzando?».

Baiamonte glissò paziente sui soliti doppi sensi osceni cui i suoi amici lo avevano abituato e sparò una raffica di domande, passeggiando lungo la linea del porticciolo. Dieci minuti dopo, soddisfatto, raggiunse la sua Punto.

«Mi cercava?». A parlare, mentre Enzo inseriva la chiave nella serratura, era stato un uomo dalla pelle scura, rugosa e dal fisico asciutto, che portava una maglietta rossa con la scritta pubblicitaria di una pescheria. Baiamonte non tardò a riconoscerlo: era Peppino.

«Sì, la cercavo...» rispose pronto «perché la signora Carmela mi aveva pregato di dare un'occhiata alle vostre lampare, per quel guasto elettrico. Passavo da qui e... Non volevo disturbarla, magari per lei è un orario sbagliato. Forse ha bisogno di riposare, a quest'ora, dopo una nottata in mare...».

«Nessun disturbo, nessun disturbo. E poi, la notte passata, qui sono rimasto, a casa. Ci fu mareggiata...».

«Già, è vero, la mareggiata... Ma ora, mi dispiace assai, si è fatto tardi» fece Enzo guardando l'orologio. «La mia signora mi aspetta per pranzo. Vuol dire che tornerò a dare un'occhiata un altro giorno».

E detto questo, lo salutò senza attendere risposta, si infilò in auto e partì per rientrare in albergo.

Trovò Rosa assopita sul letto. Le emozioni associate di Lupa, cani dilaniati e ambaradan di botti dovevano essere state troppo forti per lei. Sul tavolo, il formaggio e il pomodoro già tagliato a fette e condito con la piccola oliera che la sarta si era portata da casa. Baiamonte non ebbe cuore di svegliarla. Guardò l'involto con le due fette di sfincione e: «Pazienza» disse. «È buono anche freddo». E ne approfittò per andare in balcone e fare un'altra telefonata che gli premeva. Eh sì, era arrivato il momento di confidarsi con Filippo. E anche di chiedergli consiglio. Filippo Inguaggiato era il marito di una delle innumerevoli cugine di Rosa. Faceva il poliziotto ed era stato il suo mentore per la conquista del patentino di investigatore. Non solo: lo aveva anche preso in gran simpatia. Superò agevolmente lo sbarramento di fuoco delle domande sulla vacanza con Rosa (Inguaggiato e moglie tifavano ormai da tempo per una «messa in regola» della loro relazione) e passò all'argomento che gli interessava. Cioè ai suoi dubbi, alle sue associazioni. Gli raccontò per filo e per segno quello che era successo sulla spiaggia, della Lupa, del grande botto, della morte dei due cani, del sospetto che non si trattasse di un incidente casuale. Gli riferì del ricordo riaffiorato dalla notte insonne sul balcone, della barca con la luce bianca di posizione che faceva le bizze e si trovava proprio di fronte al tratto di spiaggia in cui il mare aveva depositato i residuati bellici, degli strani movimenti che gli era sembrato di percepire. E gli spiegò anche che forse, proprio grazie a quel difetto nell'impianto elettrico, era riuscito a identificare la barca. A metterlo in maggiore sospetto, poi, era stata la circostanza che il pescatore aveva negato di essere uscito in mare. Ma che quel peschereccio, secondo lui, di sicuro aveva preso il largo. Lo aveva convinto di questo il suo amico Mariano: un pescatore esperto, gli aveva detto il tabaccaio, quando c'è mareggiata fa l'*imbannata*, allenta cioè la cima per distanziare la barca ed evitare che le onde la facciano urtare contro il molo. La «Mamma Carmela», invece, era ormeggiata molto più vicino delle altre imbarcazioni. Segno che qualcuno aveva avuto un buon motivo per prendere la barca, e non certo quello di pescare, e poi era rientrato dopo che le onde si erano calmate. Enzo raccontò tutto d'un fiato, fornì indicazioni, elencò luoghi e nomi, senza che Filippo lo interrompesse. E concluse: «Può essere tutta una minchiata, certo. Alcune coincidenze e un bel po' di esagerazioni. Ma secondo me varrebbe la pena di approfondire. Ecco perché ti ho chiamato».

Inguaggiato si era fatto serio. Si fece ripetere un paio di nomi e disse: «Ho un buon amico, a Menfi, tra i carabinieri: il maresciallo Giovenco. Gli telefono subito, e poi ti faccio sapere... No, tranquillo, non ti rovino la vacanza».

«Ma con chi sei al telefono da mezz'ora? Ti sentivo parlare ma non riuscivo ad alzarmi. Mi venne una sonnolenza...». Rosa era apparsa sul balcone, con i capelli in disordine e una spallina scivolata a mostrare un angolo di seno. Enzo si congedò rapidamente da Inguaggiato assicurandogli che avrebbe portato i suoi saluti alla cugina.

«Parlavo con Filippo» spiegò a Rosa, e la invitò a mangiare. Si sistemarono in balcone, e cominciarono a sbocconcellare lo sfincione: «È proprio vero» constatò Baiamonte, «è buono anche freddo». E a quel punto decise di vuotare il sacco. Raccontò alla sarta il contenuto della sua telefonata, i suoi sospetti, i suoi calcoli.

«Enzo, mamma mia. Ma ti pare possibile che qualcuno possa aver messo due bombe per ammazzare cristiani?». Rosa inghiottì l'ultimo pezzetto di sfincione, diventò pensierosa e, dopo una lunga riflessione, disse: «Il professore».

«Il professore? Ma che dici? Chi è il professore?» reagì sorpreso Enzo.

«Come lo chiami, tu?» sorrise Rosa mentre rimescolava l'insalata. «Quel signore che dava la lezione sul vino l'altra sera...».

Ed Enzo afferrò: «Ah, parli del tizio piemontese che...».

«Sì, quello che vediamo correre ogni mattina in modo strano... Ecco, se la tua idea è giusta, le cose sono due: o c'è un pazzo che voleva fare strage di pesci sotto la sabbia, oppure l'intenzione era quella di colpire qualcuno in particolare. E siccome l'unico che in questi giorni ho visto passare su quel tratto di spiaggia... Ma perché dovrebbero avercela con lui? Uno così perbene, che si occupa di vino...».

Enzo non rispose. Sembrò assaporare le parole di Rosa insieme con il pomodoro e la caciotta.

Completarono il pasto, bevvero un po' di birra. Poi la sarta annunciò: «Non me la sento oggi pomeriggio di tornare a mare. Sono ancora *strammiata*».

«Ti porto a fare una bella gita più tardi. Tu riposati ancora, io fumo un po' in balcone e magari vado a fare due passi».

Mezz'ora dopo, Baiamonte, dopo aver preso le dovute informazioni (e fu più facile del previsto: bastò rivolgersi al factotum dell'albergo), era davanti a una villetta del Lido Fiori, a poche centinaia di metri dalla sua pensione. Suonò il campanello e subito sbucò un grosso Terranova dall'aspetto gioviale. Pochi istanti dopo apparve il suo padrone. Il «piemontese perbene» portava un paio di jeans tagliati al ginocchio e una camicia larga a quadrettoni. E lo guardò con curiosità ma senza sospetto.

«Mi scusi se la disturbo» esordì Baiamonte. «Volevo chiederle se si è reso conto di essere stato salvato dalla Lupa».

«Il mio secondo nome è Romolo» rispose prontamente l'uomo con un sorriso.

Enzo tornò due ore dopo in albergo che era quasi del tutto brillo. Francesco Chiarino lo aveva intrattenuto amabilmente con una generosa mescita attinta alla sua sorprendente riserva enologica. Per Baiamonte, abituato al vino sfuso della taverna di corso Olivuzza o a quello, già aceto, offerto dai suoi amici per le occasioni speciali, fu una sorta di iniziazione estatica al mondo delle droghe.

«Sì, è vero: quando corro sulla spiaggia, compio sempre lo stesso tragitto, studiato per rinforzare i muscoli. Lascio ogni cento metri la battigia, mi inoltro sulla sabbia asciutta, giro intorno ai bidoni, dove non c'è mai nessuno, e torno verso il mare. È un po' nella mia natura sabauda. O, se vogliamo, maniacale. La stessa che metto nel mio lavoro. Ma lei come ha fatto a notarlo?» aveva detto Chiarino versandogli un bicchiere di Chardonnay ben freddo accompagnato da un piatto di tocchetti di formaggi assortiti.

«In effetti l'ho pensato che al posto di quei due poveri cani avrei potuto esserci io. Ho visto che l'esplosione è avvenuta proprio a ridosso del contenitore numero cinque. Sa, io li conto. Appena arrivo al decimo, torno a casa. Un chilometro all'andata e uno al ritorno. Più i cento metri per andare da casa alla spiaggia e viceversa». E gli aveva rabboccato il bicchiere.

«È vero… La sua intuizione è corretta. A disorientarmi, facendomi deviare dal solito percorso, è stata quella nebbia che, a quanto lei mi dice, chiamano Lupa. Quando ho sentito i due botti, infatti, mi ero appena accorto di avere i piedi a mollo». E aveva proposto, cambiando bicchiere, l'assaggio di un Catarratto, suscitando in un primo momento l'allarme di Enzo che aveva pensato a una specie di sciroppo contro le malattie agli occhi.

«No, non mi era mai capitato di imbattermi nella Lupa. Ho preso casa a Menfi da poco, perché per un periodo lavorerò qui». Ed era passato alla degustazione di un Grillo senza provocare questa volta in Baiamonte inopportune associazioni con scarabei o cervi volanti.

«A ripensarci, è stata un'incredibile fatalità… No, ma che dice? Perché mai qualcuno dovrebbe avercela con me? Sono stato tanti anni all'estero, non credo di avere nemici. Lavoro in un mondo tranquillo: ricerche, sopralluoghi, tanto sole e tante vigne…». E stava per versare altre due dita di un vino «aromatico, dal profumo intenso, un vitigno di origine francese di antica tradizione ma riscoperto da poco. Si chiama Viognier e...».

«No, davvero, la ringrazio. Basta così. Non sono abituato, non vorrei che mi desse alla testa...».

Alla testa, se per questo, gli era già arrivato. Insieme a una ridda di pensieri: possibile che i suoi sospetti fossero del tutto infondati? In questo caso aveva procurato inutili rogne a un disgraziato di pescatore che per motivi suoi aveva preferito non fargli sapere di essere uscito in mare. Perché mai doveva esserci chissà quale complotto dietro quella che per Chiarino era stata solo «un'incredibile fatalità»? Non era forse vero che in quella zona, ogni tanto, arrivavano pericolosi regali portati dalle onde?

Quando Rosa salì sull'auto, decise di non pensarci più. Arrivarono fino a Sciacca, con i finestrini della Punto tutti abbassati, godendosi la brezza e anche il silenzio. Chiesero indicazioni a un simpatico vecchietto seduto davanti alla portafinestra di casa. Li indirizzò in una trattoria del porto vecchio, che aveva una piccola terrazza da cui si dominava l'intero golfo. Mangiarono frittura di paranza e caponata. Enzo stupì Rosa ordinando una bottiglia di *viognè*: «Ma come fai a conoscere queste cose?» chiese incuriosita la sarta. «Ti stai facendo una scienza in questi giorni, eh?» aggiunse compiaciuta. Sì, quella vacanza stava segnando davvero il passaggio in un altro mondo, pensò Enzo.

Arrivò la bottiglia, dentro un cestello ricoperto da cubetti di ghiaccio: «Roba da film» rifletté compiaciuto Baiamonte, agguantandola con la stessa rispettosa accortezza che nel suo lavoro di elettrotecnico aveva riservato ai fili dell'alta tensione. Versò da bere a Rosa e si mise a contemplare l'etichetta che grondava di perle d'acqua. Poi recitò, imitando un improbabile accento nordico: «... brillante color giallo-oro con riflessi verdi, profuma intensamente di albicocche, agrumi e frutti tropicali, sapore fresco e molto persistente in bocca, una vivace acidità sprigiona sensazioni di dolcezza con un piacevole equilibrio...».

Rosa si mise a ridere: «Sembri vero uno di quelli dell'altra sera, uno dei professori».

Enzo la guardò simulando un'espressione autorevole, poi si unì alla risata e infine assunse un'espressione assorta. Le prese la mano e le confidò: «Mentre dormivi sono andato a trovare il professore, come lo chiami tu». E le raccontò dell'incontro, degustazione compresa.

«Ma allora sei completamente ubriaco, Enzo» fu la prima preoccupazione di Rosa. «Mi devo spaventare adesso? Ce la farai a guidare sino all'albergo?».

«Tranquilla, tranquilla» rispose Baiamonte ricomponendosi. «Ma dimmi una cosa: secondo te ci credono davvero a tutte queste minchiate che scrivono sulle etichette? Oppure fanno sul serio una spremutina di albicocche e banane e la versano nell'uva?».

L'indomani mattina la telefonata arrivò che aveva appena finito di farsi la doccia. La notte era trascorsa tranquilla.

La lezioncina alcolica di Chiarino, unita ai languori di Rosa che aveva richiesto di essere coccolata a lungo, lo aveva fatto sprofondare in un sonno tranquillo.

La sarta, al risveglio, pareva essersi liberata dalle forti emozioni del giorno precedente: «Sono pronta per fare colazione, ti aspetto giù» gli aveva comunicato mentre lui ancora indugiava tra le lenzuola. «Magari, oggi che è Ferragosto, in spiaggia ci sarà più confusione. Ma andiamo a dare un'occhiata lo stesso».

«Enzo, ci hai *inzertato* ancora una volta. Avevi ragione», era stato l'esordio senza preamboli di Inguaggiato.

Il poliziotto aveva appena ricevuto a sua volta una telefonata. Quella del maresciallo Giovenco. Ci era voluta un'intera nottata per far crollare Peppino. Ma ne era valsa la pena: la storia prometteva conseguenze, era il caso di dirlo, esplosive. Il pescatore aveva confessato che ogni tanto veniva chiamato a fare dei lavoretti sott'acqua. Nei fondali di quello specchio di mare si trovava il relitto di una nave della seconda guerra mondiale. Nelle stive c'era ancora un vivamaria di ordigni, bombe, cariche di esplosivo. Peppino si limitava, su ordinazione, a procurare il materiale di volta in volta richiesto. E veniva ben ricompensato. No, lui non sapeva come poi veniva utilizzato, aveva detto, non erano affari suoi, quelli. Stavolta chi lo pagava aveva chiesto un favore in più: doveva approfittare della prima mareggiata per piazzare due bombette sulla spiaggia, in un punto preciso che gli avevano indicato. No, non sapeva davvero a cosa sarebbero servite. I suoi «amici» gli avevano detto di non preoccuparsi, che volevano solo fare «*pigghiari un beddu scantu a quarchiduno*». Peccato, aveva aggiunto Inguaggiato riprendendo una considerazione del maresciallo, che quello *scantu* sarebbe costato una vita umana. La botta di paura, poi, se l'era presa Peppino quando Giovenco gli aveva fatto capire che sarebbe stato incriminato per strage e avrebbero buttato in mare le chiavi della sua cella. A quel punto il pescatore aveva fatto una grande sceneggiata e, tra le lacrime, aveva rivelato il nome dei suoi «amici». Manco a dirlo, gente ben conosciuta delle cosche trapanesi. No, la signora Carmela, e suo marito, erano estranei alla vicenda, lo rassicurò Filippo dopo una precisa domanda. E avevano davvero trascorso la serata in casa.

Tombola! Fu il pensiero di Enzo a telefonata conclusa. Anzi, quasi tombola, rifletté un istante dopo. Perché se ci aveva visto giusto in tutta quella faccenda di luci e movimenti notturni ed era pure riuscito a far emergere il ruolo di quel Peppino, restava comunque ancora un numero da far uscire per completare la cartella e dichiarare chiuso il gioco. Mancava l'obiettivo. E con lui, il movente. Per il primo, anche grazie all'osservazione di Rosa, non restavano molti dubbi: chi altri poteva essere se non il professore piemontese, l'unico che si ostinava a battere quel tratto di spiaggia con precisione nordica? Ma la certezza poteva arrivare solo una volta individuato il retroscena. Il motivo cioè per cui qualcuno lo voleva morto o, quantomeno, fortemente compromesso nella sua capacità di intendere e di agire.

Baiamonte non ebbe incertezze: doveva tornare da Francesco Chiarino. Sperando che, almeno di mattina, a quello non gli venisse di nuovo il ghiribizzo della degustazione. Raggiunse Rosa nella sala della colazione, le stampò un bacio sulle labbra e le disse, raggiante: «Mi ha richiamato Filippo, non si è trattato di un incidente. Adesso torniamo alla carica con il professore. Farò presto».

Si presentò davanti alla villetta che erano appena passate le undici.

«No, non mi disturba affatto» lo rassicurò Chiarino. «Oggi ho deciso di rinunciare alla mia solita corsetta sulla spiaggia. No, non tanto per quello che è successo ieri... Ma, data la giornata festiva, ho pensato che ci sarebbe stata troppa gente...».

«Avevo una domanda da farle» annunciò Baiamonte sfoderando un sorriso «a proposito delle cose interessanti di cui mi ha parlato. Volevo chiederle se tutte quelle belle frasi che vengono messe sulle etichette servono solo a fare fumo, cioè pubblicità, o se invece...».

«Vuole scherzare?» reagì Chiarino, sorridendo a sua volta e invitandolo con un cenno amichevole ad accomodarsi. «Ogni sensazione descritta, ogni sapore, risponde sì a una suggestione, ma su base rigorosamente scientifica, cioè chimica. Deve sapere che ogni alimento...».

E qui Chiarino dimostrò ampiamente di meritarsi l'appellativo che Rosa gli aveva affibbiato. Enzo si sorbì la lezione con un certo interesse, ma senza capirci un granché, e soprattutto con l'impazienza di tirar fuori la notizia che, lo sapeva, avrebbe avuto un effetto deflagrante simile alle due bombe.

Quando gli finì di raccontare tutto quello che, in seguito alle sue intuizioni, era stato scoperto, Chiarino sembrò barcollare come per effetto improvviso del vino bevuto durante l'intera carriera.

«Capirà» aggiunse come tocco finale Baiamonte «che a questo punto ho i miei buoni motivi per ritenere che qualcuno possa avercela con lei».

Ed ebbe gioco facile a convincerlo: «Le consiglio di presentarsi alla stazione dei carabinieri. Chieda del maresciallo Giovenco».

«Permettetemi un brindisi speciale». Francesco Chiarino si era avvicinato a Enzo e Rosa che, confusi e intimiditi, stavano seduti su un muretto in penombra rispetto alle luci della festa. Erano passati tre giorni da Ferragosto. Avrebbero dovuto essere già di ritorno a Palermo, ma avevano deciso che non potevano mancare a quell'invito così importante. Nella villa in collina della famiglia proprietaria della più nota cantina di Menfi era tradizione, a quanto pare, ospitare i partecipanti e gli esperti della manifestazione enogastronomica. Ed era stato Chiarino in persona a insistere perché Baiamonte e signora fossero della partita. Si era presentato il giorno prima in albergo proprio mentre Enzo stava per chiedere il conto. E lo aveva invitato a fare due passi. Gli aveva raccontato di essersi fermato per parecchie ore nella caserma dei carabinieri. Il suo lavoro, in particolare, era stato passato al setaccio. E qualcosa era venuto fuori: «Forse aveva davvero ragione lei» ammise, guardando Baiamonte. «Forse c'è davvero qualcuno che, a mia insaputa, mi considera un nemico. O, meglio, un ostacolo».

E Chiarino aveva accennato al suo progetto, al principale motivo per cui si era provvisoriamente trasferito a Menfi: riuscire a produrre, utilizzando il vitigno del Nero d'Avola, un vino dalle caratteristiche organolettiche simili a quelle del pregiato Amarone. Progetto che, date le sue precedenti e fortunate esperienze all'estero, era sicuro di poter condurre in porto. Una piccola rivoluzione che avrebbe messo in subbuglio il mercato, creando la possibile fortuna della cantina con la quale stava collaborando. Su quella cantina, che non stava attraversando un periodo felice, avevano a quanto pare messo gli occhi i suoi «nemici». Chiarino era stato pedinato sin dal suo arrivo, erano state studiate le sue abitudini, i suoi punti deboli. E si era deciso di agire sulla spiaggia, organizzando la messinscena della tragica fatalità. Eliminato lui, il progetto sarebbe andato in fumo e l'azienda, in ginocchio, sarebbe stata acquisita per un piatto di lenticchie.

Tutto questo, aveva precisato l'enologo, aveva voluto raccontarglielo anche se al momento si trattava di ipotesi fondate, sì, ma da riscontrare. Le indagini andavano ancora completate. Nel frattempo gli era stata comunque assegnata una discreta ma efficiente scorta.

«Ho deciso di rompere con lei il riserbo dovuto perché mi ha colpito il fatto che sia venuto a trovarmi per mettermi sull'avviso. Anche se non avrei mai pensato...».

«Se è per questo» si era detto Baiamonte «forse non l'avrebbero pensato neanche i carabinieri, se qualcuno non gli avesse fatto arrivare la dritta sul peschereccio...». Ma aveva deciso di tenersi dentro questa riflessione. E non aveva aggiunto nulla.

La festa era arrivata al suo momento più elettrizzante: dopo antipasti di ogni tipo («altro che *slofùd*, quando si vedono tra di loro non badano certo a risparmiarsi le mandibole») erano arrivate tre enormi ruote di pescespada depositate sulla lunga tavola del buffet e servite da una dozzina di camerieri. Enzo e Rosa avrebbero atteso che scemasse la ressa al tavolo per avvicinarsi con più discrezione, quasi clandestinamente, più tardi.

«Allora, questo brindisi?» sollecitò Chiarino.

«Facciamolo alla Lupa» propose Baiamonte suscitando la franca risata dell'enologo.

«Facciamolo al mio Enzo» sussurrò la sarta che guardava orgogliosa il suo uomo. E decise che la Lupa, per quella notte, l'avrebbe fatta lei.

Alicia Giménez-Bartlett

Vero amore

Prendere le ferie nel mese d'agosto mi è sempre parsa una decisione sbagliata. Potrei citare mille argomenti a sostegno di questa mia affermazione, e tutti suonerebbero altamente ragionevoli e comprensibili. È noto che è assai più costoso viaggiare o prendere in affitto un appartamento nella cosiddetta «alta stagione», che è più difficile trovare un tavolo libero al ristorante, e che qualunque attività turistica o riposante, dalla visita a un museo a una semplice passeggiata in un parco finisce per trasformarsi inevitabilmente in un supplizio. Tuttavia, se analizzo le mie ragioni più profonde, mi accorgo che per me il vero punto della questione è un pregiudizio puramente snob: trovo che andare in vacanza quando ci vanno tutti sia di una cafoneria imperdonabile. Nessun essere umano dotato di un minimo di sensibilità fa le valigie o smette di lavorare nel fastidiosissimo mese di agosto.

Ovviamente, il mio gentile sottoposto e collega Fermín Garzón non è della stessa opinione. Per lui tuffarsi nell'acqua caldiccia di una spiaggia piena zeppa di bagnanti è una cosa perfettamente naturale. Lui è come un monaco buddista, riesce a dimenticarsi di qualunque cosa lo circondi per godersi in santa pace la sua serenità interiore. Ma per fortuna ha sposato una signora per niente tibetana e amante della cultura come me, e così anche lei ha fatto di tutto per convincerlo che prendere le ferie in agosto è una caduta di tono imperdonabile, oltre che un colpo basso al sistema nervoso. Ne consegue che entrambi ce ne restiamo a Barcellona quando tutti se ne vanno. Questo ci garantisce forse qualche sollievo nel nostro lavoro? Be', tradizionalmente si dice che l'estate, con la sua sinistra canicola mediterranea, umida e opprimente, può aumentare il tasso di violenza in una città come la nostra, eppure non è sempre così. A contribuire al moltiplicarsi dei comportamenti delittuosi è il numero esorbitante di turisti che si riversa dalle nostre parti, più che le condizioni meteorologiche in sé. Per fortuna i problemi con gli stranieri di passaggio sono, in genere, facilmente risolvibili, poco più che faccende di ordinaria amministrazione. Ma il brutto di prestare servizio in agosto è che non ci si libera mai degli inconvenienti legati alle vacanze. I bar e i locali del centro sono pieni da scoppiare, le vie sono affollate e ovunque si guardi è impossibile sottrarsi alla miserevole contemplazione della bruttezza umana. Questo vale anche per chi non frequenta le spiagge, basta passeggiare per le Ramblas e la retina rabbrividisce dall'umiliazione alla vista di europei dalle pance sferiche insaccati in orribili magliette, orientali con cappellini ridicoli e mascherine antismog, americani dalla pelle lattiginosa resa paonazza dal sole.

«Ma perché sono così brutti, Garzón?» fu la retorica domanda che rivolsi al mio povero collega mentre rientravamo in commissariato dopo una torrida pausa pranzo.

«È la natura, ispettore. A volte le cose le riescono bene, a volte no».

«La natura non c'entra niente. Sono loro che mettono i bermuda con i calzettoni, che abbinano i fiori con le strisce, i quadretti con i pois! Sono loro che espongono alla vista le loro trippe con quelle canottiere aderenti, e il loro biancore da pesci lessi scoprendo braccia e gambe! Tanta bruttezza mi offende, non posso farci niente».

Il viceispettore mi ascoltava con scarsa partecipazione, dando di tanto in tanto un'alzata di spalle, convinto che le mie lamentazioni non fossero ragionevoli, né efficaci né logiche, e che rientrassero probabilmente nei sintomi di un incipiente disturbo da stress.

E devo ammettere che la mia scontentezza mi apparve in tutta la sua superficialità e irrilevanza non appena varcammo la porta del commissariato. Lì ci aspettava qualcosa che lo stesso commissario Coronas definì come una tragedia.

«Sapete chi è Ángel Carreras?».

Alla lontana quel nome mi diceva qualcosa, ma il mio assistente Fermín lo collocò all'istante nella casella giusta.

«Certo, commissario, Carreras è quell'ispettore bravissimo che ha preso servizio qui a Barcellona tre anni fa, se non sbaglio. Un collega molto stimato. Dicono che abbia risolto tutti i casi che gli sono stati affidati».

«Infatti, è un ottimo poliziotto. Ebbene, ieri sera è andato a cena fuori con sua moglie, rientrando a casa l'ha lasciata sulla porta per mettere la macchina in garage e cinque minuti dopo l'ha trovata morta. Un colpo di pistola alla nuca».

«Non ci credo!» esalò il mio collega.

«Be', ci creda, invece. Adesso è ricoverato in stato di shock, ha avuto un forte attacco d'ansia ed è stato sedato».

«Santo Dio benedetto!» stavolta Garzón aveva scelto un tono da parrocchia. Io cercai di andare al sodo.

«E questo ha qualcosa a che fare con noi, commissario? Professionalmente, voglio dire. A parte che ci dispiace moltissimo per la disgrazia capitata al collega».

«Avrei pensato di affidarvi le indagini».

«Ma allora, commissario, perché ce lo dice soltanto adesso, se il fatto è avvenuto ieri notte?».

Lui si agitò visibilmente sulla poltrona. Poi mise mano a una caffettiera che aveva sul tavolo e, senza chiedere il nostro parere, ci servì là per là due caffè.

«Cercate di capire, signori, la discrezione è sempre un valore fondamentale in polizia, ma quando un delitto viene commesso nel nostro ambiente, allora diventa una regola che non si può violare».

Visto che era difficile aprirsi un varco nella nebbia delle sue parole, ci accontentammo di sorbire il nostro caffè con aria ebete per dargli il tempo di spiegarsi meglio.

«Dei primi sopralluoghi si è occupato il reparto Affari Interni».

«E perché?» domandai senza nessuna pietà, neanche il mio superiore fosse un interrogato che mi stava nascondendo informazioni utili.

«Secondo l'esperto balistico, il proiettile che ha ucciso la signora Carmen Madueño, così si chiamava la moglie di Carreras, proviene da una pistola d'epoca, probabilmente un oggetto d'antiquariato».

«Certo, è l'ultima moda andare in giro a far fuori la gente con la pistola del nonno» commentò il viceispettore serafico.

Mi strofinai la faccia più volte, sperando che il mio gesto fosse interpretato come segno di massima perplessità. Ma visto che il commissario sembrava uno spettatore incapace di comprendere il mio codice gestuale, mi vidi costretta a dar voce al mio sentimento:

«Mi scusi, sarà colpa del caldo di agosto, ma le assicuro che anche sforzandomi non riesco a capirci niente».

«Nemmeno io, in realtà» si associò Garzón sottovoce.

Il nostro capo non era affatto tranquillo, al punto che stavolta fu lui a ricorrere a una gesticolazione esagerata. Ficcandosi le mani nei capelli come per farsi uno shampoo, esplose:

«E va bene, non è colpa vostra se non capite! Il caldo non c'entra un tubo! Sono io che mi sento terribilmente in imbarazzo per quello che devo dirvi. Ma visto che non posso fare altrimenti, allora vado: signori, mi duole informarvi che l'ispettore Carreras colleziona armi antiche. Un hobby ridicolo, ma le cose purtroppo stanno così».

Nell'ufficio dilagò un silenzio denso. Il piatto che si stava cucinando per noi era davvero poco appetitoso. Coronas, serio e irritato, aggiunse:

«E come se questa sfortunata coincidenza non fosse già abbastanza, l'ispettore Recua, amico e collega, è venuto a dirmi che negli ultimi tempi il matrimonio di Carreras non stava andando benissimo».

«La gente imparasse a farsi gli affari suoi!» esclamò Garzón in uno slancio di sincerità.

Il commissario saltò su come un gatto davanti a un nemico mortale. Con i capelli dritti e gli occhi accesi di elettricità, scoprì i denti e sibilò:

«È proprio quello che voglio evitare, Garzón: il corporativismo, la connivenza, l'omertà. Nessuno deve poter dire che pecchiamo di lassismo quando a essere sospettato di omicidio è uno di noi, ha capito? Nessuno! Ci sono qua io per impedirlo! Con questo non voglio dire che Carreras abbia ammazzato sua moglie, Dio me ne scampi. Ma voglio che le indagini vengano condotte tenendo conto di questa possibilità. Per questo ho scelto voi. Che io sappia, lo conoscete molto poco, quasi niente, quindi per voi sarà come occuparvi di una persona qualsiasi. D'accordo?».

Chinammo entrambi la testa in segno affermativo. Coronas riprese fiato e un aspetto meno felino per concludere:

«Ecco, signori, adesso vi siete fatti un'idea della faccenda. Mettetevi al lavoro, con discrezione. Dato che Carreras abita in una casetta isolata fuori città, non ci sono testimoni tra i vicini. Ma per darvi un aiuto in più, vi affiancherò l'agente che in genere assiste Carreras, Juanjo Revilla. È molto giovane ma sembra un bravo ragazzo. Non coinvolgetelo emotivamente nelle indagini, ma servitevi di quello che ha da dirvi. Lui è la persona che ultimamente passava più tempo con Carreras».

Ci sedemmo nel mio ufficio con le poche carte che Coronas ci aveva lasciato. Io sfogliavo il dossier senza grande entusiasmo, Garzón sudava. Non parlavamo. In quel silenzio, col mio fine orecchio, sentivo il ronzio del condizionatore. Il mio collega tirò fuori un fazzoletto e si asciugò la faccia. Per mettere fine a quel silenzio che non denotava altro che il vuoto, riassunsi qualche dato:

«Dall'autopsia eseguita d'urgenza non viene fuori nulla. Uno sparo a bruciapelo, la vittima è crollata lì dov'era. Morta sul colpo».

Il mio collega emetteva grugniti di affaticamento. All'improvviso mi resi conto che se non c'erano testimoni, né un movente, né rivelazioni particolari del medico legale (che la signora, per esempio, fosse tossicodipendente o qualcosa del genere), e se non comparivano altri indiziati oltre Carreras... che razza di indagine avremmo dovuto fare? Coronas ci aveva affidato il banale smascheramento di un colpevole già designato. In qualsiasi altra circostanza, sarebbe stato facile come bere un bicchier d'acqua. Trattandosi di un collega, era come ingollare due dita di veleno.

In questi casi il metodo per arrivare alla verità è uno solo: mettere sotto torchio il principale indiziato fino a farlo confessare per crollo fisico, morale o psicologico. Ecco la bella incombenza che ci aveva scaricato Coronas. Guardai il mio collega. Nessun cambiamento, grugniva debolmente e si asciugava il sudore. Cominciò a darmi sui nervi.

«E lei, Fermín, oltre a imitare il vecchio Louis Armstrong in televisione, non ha niente da dire?».

«Se vuole posso cantarle *Hello Dolly* per creare un po' d'atmosfera, ma l'avverto che non sono dell'umore. Siamo finiti in una schifosissima trappola del commissario, e di tutte le cose odiose che preferirei non dover fare nel mese d'agosto, la peggiore è occuparmi di questa storia».

«Su questo siamo d'accordo. Ciò non toglie che bisognerà fare un sopralluogo in casa di Carreras».

«Il giudice ha detto che finché non lo dimettono e non ci dà le chiavi lui stesso, è meglio se lasciamo tutto com'è. Non sono riusciti nemmeno a interrogarlo...».

«Lei sa se ha figli?».

«Credo di no. Ma non ci metteranno molto a buttarlo fuori dall'ospedale, vedrà. Lo riempiranno di farmaci e via. Spero solo che non ce lo rincoglioniscano del tutto. È sempre così con i parenti delle vittime: all'inizio, tante belle chiacchiere con lo psicologo, e poi sistemano tutto a colpi di pastiglie. Secondo me domattina potremo già parlargli».

«Mandi un agente in reparto, Fermín. Preferisco che non vada a casa prima che possiamo interrogarlo».

«Per la questione dell'arma? Potrebbe avere avuto il tempo di entrare, pulire la pistola e rimetterla dove la teneva insieme al resto della collezione».

«Ma un esperto balistico lo capisce lo stesso se un'arma ha sparato o no».

«Non sono mica sicuro, ispettore».

«Comunque, mettiamogli uno sbirro sulla porta della stanza. Se non altro avrà il suo peso psicologico».

«Che merda di lavoro, ispettore».

«Giusta riflessione, espressa in modo semplice e conciso, caro collega».

Nell'attesa che Carreras fosse in grado di affrontare la dura realtà e ci desse modo di entrare nel vivo delle indagini, andammo a trovare Juanjo, il suo giovane assistente.

Nemmeno trent'anni, jeans col cavallo sceso, maglietta con scritte in inglese e capelli a spazzola, il ragazzo si presentava come un luogo comune vivente. Era costernato, o almeno così ci era dato capire dalle sue parole smozzicate, piene di frasi fatte, turpiloquio ed espressioni gergali.

«Cazzo, ispettore, che botta, povero Carreras. Non basta che gli sparano alla moglie, adesso gli danno addosso! Era il minimo che uscisse di testa, no? Quando l'ho saputo, la prima cosa che ho chiesto è se avevano preso qualcosa nella borsa di sua moglie. Zero, aveva tutto. Chissà come cazzo è che quello stronzo l'ha fatta fuori».

Nella sua pochezza parlava con convinzione, non gli era neppure venuto in mente che il colpevole potesse essere il suo capo. Era così ingenuo e volenteroso che mi fece pena. Garzón andò per le spicce:

«E tu non pensi che l'ispettore possa avere qualcosa a che fare con la morte di sua moglie, vero?».

Lui lo guardò come si guarda un matto o un blasfemo:

«Ma che dice? Sta scherzando? L'ispettore è un grande, ce ne fossero come lui. Allora è proprio vero quel che m'immaginavo: non solo gli buttano la colpa addosso, se ne fottono di andare a cercare chi ha ficcato un colpo in testa a sua moglie».

«Senti, ragazzo, non te l'hanno insegnato alla scuola di polizia che non si scarta mai nessuna ipotesi finché non ci sono delle prove?».

«Ma questa è un'ipotesi del cazzo, viceispettore! Sono tre anni che lavoro con lui e se non lo so io!».

«Puoi smetterla di usare questo linguaggio con un tuo superiore? Non solo non hai imparato niente di come si fa un'indagine, ma non sai neanche come comportarti».

Il ragazzo lo guardò con aria evidentemente disgustata, incassò la testa tra le spalle e non chiese scusa. Prima che Garzón perdesse definitivamente la calma, intervenni con un nuovo argomento.

«Tu sapevi che l'ispettore Carreras colleziona armi antiche?».

«E come no? Ci sono stato un mucchio di volte a casa sua. Ha una collezione che deve valere una cifra! La tiene in una vetrina, proprio in sala. Lui ha sempre avuto questa passione di collezionare le armi, me l'ha detto lui. Uno sfizio che si può permettere. Tanto, lui non ha figli, e dei soldi ne fa quel che gli pare».

«Ti ha mai detto se ultimamente aveva dei problemi, se era preoccupato per qualcosa?».

«Be', capita a tutti di prendere dei pali di tanto in

tanto! Ma a lui le cose giravano benissimo, finché non è scoppiata questa merda».

Mi accorsi che Garzón ricominciava a bollire. Era questione di secondi e gli sarebbe saltato addosso. Preferii dire al ragazzo che ci saremmo rivisti più tardi e congedarlo con un paio di colpetti sulla spalla. Se ne andò trascinando i piedi in modo scarsamente marziale. Proprio come mi aspettavo, il viceispettore, sfumata la sua preda, si gettò su di me:

«Io non la capisco, Petra. Abbiamo qui un decerebrato di quelli che di solito la mandano al manicomio e poco ci mancava che lei gli desse il bacetto e gli comprasse le caramelle».

«Ci tengo a ottenere da lui tutte le informazioni che posso».

«Illusa. Quello è talmente affezionato al suo capo che se sa qualcosa lo tiene per sé».

«A me non dispiace che sia affezionato al suo capo. Questo gli fa onore. E poi non mi dispiace quella sua frase che "capita a tutti di prendere dei pali". Secondo me sa qualcosa sulla vita di Carreras che finirà per raccontarci. Purché lei non sia presente, ovvio. Col suo atteggiamento è riuscito solo a chiudergli la bocca».

«Ma che vada al diavolo! Lo preferisco con la bocca chiusa, se devo sentirlo esprimersi a quel modo!».

«Non si arrabbi, Garzón, fa troppo caldo per prendersela così. Comunque per oggi credo possa bastare. È meglio se ce ne andiamo a prendere il fresco».

Eravamo tutti e due soli soletti. Mio marito aveva portato i suoi figli in montagna per una settimana, e la moglie di Garzón era da sua sorella a Maiorca. Spesso cenavamo insieme io e lui nei dintorni del commissariato e poi ce ne scappavamo a casa presto.

«Stasera le va di prepararsi la cena, Fermín?».

«Neanche un po'. Fa così caldo che quando mi è caduta la biro per terra, ne ho presa un'altra pur di non fare la fatica di raccoglierla. Meglio se mangiamo un boccone all'aperto».

Camminammo giù per le Ramblas verso il mare. Erano le otto di sera e sembrava che tutti si fossero messi d'accordo per uscire. Eppure la folla era composta in maggioranza da turisti stranieri. Impossibile classificarli, erano assolutamente eterogenei. Studenti a gruppi, giovani coppie, vecchi coniugi… tutti vestiti come se seguissero i consigli del loro peggior nemico, alcuni addirittura in tenuta da spiaggia. Ogni tanto spiccava qualche raro esempio di distinzione. Un signore in un abito chiaro dall'eleganza d'altri tempi scendeva da un taxi per entrare in un ristorante di gran classe. Ma in genere i pochi spagnoli in circolazione erano barcellonesi sfavoriti dalla fortuna che non avevano potuto lasciare la città. Mi sembrava tutto così assurdo: quelli di fuori volevano venire qui, e la gente di qui faceva il possibile per andarsene fuori. Eravamo riusciti a mettere insieme un mondo così bislacco che sarebbe potuto saltare in aria da un momento all'altro, per effetto delle proprie contraddizioni.

Arrivammo nella zona del porto e occupammo un tavolino davanti a un bar meno affollato degli altri. Ma l'aspetto untuoso delle *tapas* che venivano servite intorno a noi ci fece cambiare idea, e così ci alzammo e continuammo a camminare fino alla Barceloneta. Lì, in quel borgo di pescatori che ancora conserva qualcosa della sua atmosfera tradizionale, non fu difficile trovare uno dei tanti ristorantini che avevano messo i tavoli in strada. L'alluvione di viaggiatori era meno intensa da quelle parti, ma se ne vedevano anche lì, felici come bambini della cucina saporita e del buon vino, della notte tiepida e della brezza del mare. Chi poteva rimproverarglielo, in fondo, se molti di loro avevano passato tutto l'anno senza vedere mai il sole? Ah, pensai, in questo paese abbandonato da Dio ci rimane almeno il semplice piacere di prendere il sole di giorno e il fresco di sera. Ma arrivare a pensare questo come unica risorsa filosofica era una ben magra consolazione, davvero.

Il giorno dopo Carreras ricevette il foglio di dimissioni firmato dallo psichiatra e si mise finalmente in moto la macchina della giustizia, se così potevamo chiamarla. L'agente che lo piantonava lo accompagnò in commissariato. Naturalmente lui chiese se fosse agli arresti e gli fu detto di no.

Quando lo vidi capii che lo avevo già incontrato in altre occasioni e che il suo aspetto non mi aveva mai colpito in modo particolare. Era un uomo normale, sui cinquant'anni molto ben portati, con una faccia anonima e, in quel frangente, un'espressione di estrema sofferenza. Pallido, tirato, con gli occhi gonfi dal gran piangere, se ne stava con le spalle spioventi, come uno straccio appeso a un gancio.

Le previsioni di Garzón si rivelarono esatte: era evidente in lui il rallentamento dei gesti e della voce caratteristico di chi è sottoposto a una terapia di psicofarmaci.

Mentre ci dirigevamo in auto verso casa sua, non disse una parola. Guardava dal finestrino senza interesse, con aria spenta, forse senza mettere neppure a fuoco ciò che vedeva. Temetti che avesse una reazione emotiva incontrollata una volta sceso dall'auto, ma non fu così. Anzi, serio e professionale si avviò deciso verso quella che era stata la scena del crimine e ci indicò il punto esatto in cui aveva trovato sua moglie, ormai senza vita.

«È stato qui. La posizione del corpo la conoscete. Avete visto le foto».

Si comportava come se le indagini fossero state affidate a lui. Aprì la porta con movimenti decisi e accese la luce. Un soggiorno spazioso e ordinato si dispiegò davanti ai nostri occhi, con tutti i tipici orpelli piccoloborghesi.

«I colleghi hanno fatto il giro della casa, e dall'esterno non pare ci sia nessuna finestra forzata» lo informò Garzón.

Il mio sguardo si spostò lungo le pareti. In una rientranza, messa in luce dall'ampia vetrata, c'era la vetrina delle armi. Avvicinandomi potei apprezzare l'esposizione di pistole e revolver: pezzi che andavano da fine Ottocento alla metà del Novecento. C'era anche qualche fucile che aveva tutta l'aria di essere stato usato durante la Guerra Civile.

«Non toccate niente» ordinai. «Più tardi verranno a prendere le impronte».

Ispezionammo la camera da letto, le camere degli ospiti, la lavanderia, il garage. Quando entrammo in cucina, Carreras ebbe un cedimento. Portò una mano agli occhi e li premette con le dita. Stava cercando di fermare il pianto. Sul piano di lavoro c'era una tazza rimasta a metà.

«Non ha fatto neppure in tempo a finire il suo tè. L'ho costretta a uscire di corsa, avevo prenotato un tavolo per le nove».

Tornammo nel soggiorno. Ci sedemmo, sempre senza toccare nulla.

«E il vostro matrimonio come andava? Andavate d'accordo? Scusami, sai perfettamente che sono tenuta a chiederti queste cose» dissi.

«Certo, lo so. Il nostro matrimonio andava bene. Avevamo avuto qualche crisi, come tutti, ma eravamo molto uniti. Direi che negli ultimi anni lo eravamo anche di più».

«Ascoltami, Ángel. Non so fino a che punto tu sia informato di quello che abbiamo scoperto. Il fatto è che i proiettili che hanno ucciso tua moglie sono di un tipo molto particolare, ed è probabile che siano stati sparati con una pistola d'epoca».

Mi chiese subito di che calibro fossero, e quando gli dissi che erano dei 6,65 millimetri, lo vidi concentrarsi come cercando di ricordare qualcosa.

«Io una pistola che carica quel tipo di munizioni ce l'ho. Una Mauser modello 1934, un'arma bellissima».

Si alzò come un razzo e si avvicinò alla vetrina che conteneva la collezione. Si chinò e ci indicò una pistola piuttosto piccola, di forma squadrata, nella quale non riuscii a scorgere nessuna forma di bellezza.

«È quella. Vedete?».

«Non sembra essersi mossa dal suo posto» osservò il viceispettore.

«Chiama gli esperti balistici, Petra. Devono verificare se è stata usata».

«Ma come può essere stata usata se nessuno è entrato in casa tua, Carreras?».

«Non lo so, Petra, io non so niente. Quello che posso assicurarvi è che non sono stato io ad ammazzare Carmen. Non l'ho fatto. Chiamo Dio a testimone».

Uscimmo e rifacemmo il giro di tutte le finestre. Garzón si accorse che nella porta della cucina, che dava su un giardinetto posteriore, si apriva uno sportello basso quasi rasoterra.

«È una gattaiola?».

«Sì. In realtà noi la usavamo per il cane. Avevamo un carlino. Ormai è morto, eppure mia moglie non ha voluto chiuderla, pensava di comprarne un altro. Ma un carlino è un cane piccolo, Petra. Come vuoi che di lì possa passarci qualcuno?».

Decisi che era ora di andare. Prima però guardai Carreras.

«Qui non puoi restare, naturalmente. La casa verrà messa sotto sigilli».

«Mi ospiterà mia sorella finché... Insomma, finché non arriverà l'ordine d'arresto, non è così? So che tutti gli elementi sono contro di me, Petra, ma non sono stato io. Io sono un poliziotto. Come potrei essere stato così stupido da lasciare un biglietto da visita del genere?».

«Hai qualche nemico, qualcuno che ti odi di un odio velenoso?».

«Noi poliziotti abbiamo tutti dei nemici, lo sai, Petra. Abbiamo mandato in galera un mucchio di gente. È da quella parte che devi cercare l'assassino di Carmen. Qualcuno capace di tendermi una trappola dalla quale non potessi più tirarmi fuori».

Tornando a casa pensai che quell'uomo dava già per scontati gli esiti peggiori di qualcosa che doveva ancora avvenire. Eppure il rilevamento delle impronte non produsse alcun risultato. Né sui mobili, né sulle maniglie, né sugli oggetti di casa furono trovate tracce che non fossero di Carreras o di sua moglie. Ma l'elemento più importante, la prova innegabile, fu che lo sparo che aveva ucciso Carmen Madueño era uscito dalla Mauser 1934 esposta nella vetrina del soggiorno. Qualcuno l'aveva tirata fuori, aveva sparato sulla donna, aveva ripulito sommariamente l'arma e l'aveva rimessa al suo posto. Nessuno tranne l'ispettore poteva aver fatto una cosa simile. Non c'erano porte né finestre forzate.

«Io non ci capisco un cavolo!» bofonchiava Garzón succhiando un'*orchata* con la cannuccia mentre si faceva aria col giornale. «Un poliziotto bravo come lui, e un delitto così cretino. Qualcosa l'avrà pure imparato con tutti i criminali che ha messo dentro. E invece no, si frega con le sue mani usando un'arma della sua collezione. Tanto valeva appendersi un cartello al collo con su scritto: “Ecco il colpevole”. Questa ha tutta l’aria di essere una trappola».

«Sì, ma a meno che non sia stato un folletto... O chissà, magari Carreras ha avuto un raptus di follia passeggera».

«Che cosa vuole che le dica, ispettore! Proprio in agosto doveva capitarci questa storia. Col caldo che fa non riesco a mettere due pensieri in fila! Ho i neuroni bolliti, porcaccia la miseria».

«Bisogna lavorarci su. Un omicidio senza movente non ha senso. Cerchiamo il movente».

«Ho parlato con il collega che blaterava sulle difficoltà di Carreras con la moglie. Che pezzo d’idiota! Un bel niente, sapeva. Mi ha detto che un paio d’anni fa quei due erano in crisi, che non avevano figli, che senza figli una coppia non si sente riuscita... Pensi un po’, come se i figli c’entrassero qualcosa con l’amore. C’è gente che è più antiquata delle tessere annonarie!».

Se le prove materiali sembravano dimostrare che Carreras e solo Carreras poteva aver ucciso sua moglie, rimaneva da verificare quali motivi avesse per farlo. Affidai al viceispettore il compito di verificare gli aspetti economici. Eventuali debiti, movimenti sul conto corrente e, ovviamente, il testamento della moglie. Io invece avrei tentato di individuare eventuali motivi passionali. Solo il cuore poteva essere stato un consigliere così funesto per quell’uomo tanto per bene. Andai a cercare Juanjo Revilla e lo trovai senza difficoltà. Se ne stava seduto con una faccia addolorata e perplessa, in apparenza senza niente da fare. Gli sorrisi.

«Come va, ragazzo?».

«Di merda, ispettore. Davvero lei crede che un tipo come Ángel abbia sparato a sua moglie con una pistola che possono riconoscere tutti, e poi sia andato a rimetterla nella vetrina? Ma è una cazzata grossa come una casa!».

«A te viene in mente un'altra spiegazione logica?».

«No, e le assicuro che da quando è successo non ho mai smesso di spremermi il cervello».

Alzò le spalle e le lasciò ricadere con un sospiro. Portava una maglietta con su scritto: «I'm the best». Tentai un sorriso che potesse sembrare materno.

«Senti, Juanjo, secondo me la cosa migliore è dare tempo al tempo. Se Carreras non è colpevole, scopriremo chi è stato, vedrai. A che ora smonti?».

«Ho finito da un pezzo, ma se me ne vado a casa mi viene solo la depressione. Qui non combino niente, ma almeno mi sembra di non staccare, capisce?».

«Capisco benissimo. Sai che facciamo? Qui di fianco c'è un bar, un posto dove si sta tranquilli. Magari lo conosci già. Ti offro una cosa, ci facciamo due chiacchiere e ci rilassiamo. Anch'io sono un po' scossa da questa storia».

Lo portai in un bar elegante, dove di sicuro un ragazzo come lui non sarebbe mai entrato di propria iniziativa. L'aria condizionata era al massimo e l'ambiente era rasserenato da un tranquillo sottofondo musicale. Lui, poveretto, guardava da tutte le parti sentendosi improvvisamente in soggezione.

«Accidenti, ispettore, che classe!».

«Quando si fa una cosa, è meglio farla bene. E poi non è il caso di infilarsi alla Jarra de Oro con questo caldo».

Ordinammo due gin tonic. Per fortuna non era astemio. Il primo sorso dissipò la lieve sensazione di disagio che provavamo entrambi nel trovarci insieme in un posto come quello. L'odore della fettina di limone mescolato all'aroma del gin era in grado già di per sé di rinfrescare il corpo e la mente. Eppure quel che più affascinava il mio giovane amico sembrava essere il grande bicchiere a balloon, di forma quasi sferica, in cui c'era stato servito il cocktail.

«Cazzo, ispettore, figo questo bicchiere, sembra una palla!».

Definitivamente, era rozzo, poco esperto di mondo, e anche un po' scemotto. Stentavo a capire come facesse a sopportarlo Carreras, che ci passava intere giornate. Ma questo non mi aiutava a capire come entrare in confidenza con lui. Meglio usare il registro materno o il fascino della donna matura? Lui stesso mi avrebbe indicato la via. Si trattava di aspettare che l'alcol lo facesse propendere per l'una o per l'altra opzione. Cos'era, un bambino spaventato o un giovane galletto pronto a gettarsi sulla preda? O tutte e due le cose insieme, come in fondo lo sono tutti i ragazzi? Scoccai la prima freccia avvelenata:

«Povero Ángel! Capisci, anche se le indagini alla fine lo scagioneranno, sua moglie non la riavrà mai più. E alla sua età non è facile trovare un'altra donna da amare veramente. Tu sei sposato, Juanjo?».

«Figuriamoci. Non ho neanche la ragazza!».

«Come, un tipo carino come te?».

«Non ce n'è una che mi vuole. È che voi donne siete così strane che è bravo chi vi capisce».

Continuò la sua requisitoria antifemminile con una serie di ragionamenti ed esempi generici che non portavano a nulla.

«E con Carreras parlavate di donne?».

«Certo. Anche di calcio, di tutto!».

«E lui ti dava consigli?».

«Ogni tanto. Solo che a volte era scocciato e non aveva voglia di stressarsi con certe storie».

«Scocciato? Credevo ti consigliasse di trovarti una ragazza».

«Ispettore, ce lo facciamo un altro di questi? È che non sono tanto preso bene, sa? E poi ho sete. Offro io stavolta».

Nell'attesa del secondo giro feci di tutto perché il discorso non si allontanasse dal tema amoroso. Ma non era facile, la sua mente era dispersiva di per sé, e poi non riusciva o non voleva entrare in argomento. Non sembrava gli andasse troppo a genio il ruolo del figlio, e nemmeno quello del seduttore. Lo affrontai direttamente:

«Dimmi la verità. Carreras aveva qualche storia fuori dal matrimonio?».

«Se usciva con qualche tipa, vuol dire? Macché! L'ho capito dove vuole arrivare ispettore, non creda. Ma le dico subito che si sbaglia. Ángel avrà anche avuto dei casini con sua moglie, ma erano sposati da vent'anni, che cazzo! C'era stato anche un periodo che avevano pensato di separarsi. Ma poi tutto è rientrato e ultimamente stavano benissimo. Meglio di prima, me l'aveva detto lui. E guardi, ispettore, che se non fosse così non avrei nessun problema a dirglielo. Sono un poliziotto anch'io e lo so cos'è la legge».

«Però...».

«Non ci sono però, glielo giuro. E se avesse voluto liberarsi di Carmen, Ángel non l'avrebbe ammazzata, non è proprio il tipo».

Tentativo andato a buca, pensai. E valutai quanto gin tonic gli rimanesse nel bicchiere. Non potendo alzarmi e andarmene senza aspettare che avesse finito, mi armai di pazienza e rimasi ad ascoltarlo. Avevo perso interesse per quello che aveva da dire, eppure sembrava che proprio allora gli si fosse sciolta la lingua, che cominciò a trottare come una puledra.

«Ángel non ammazzerebbe una mosca! Una zanzara, sì, magari le darebbe una ciabattata, ma le donne... Le donne lui le mette sul piedestallo. Pensi che quando mi sono preso un palo, e che palo, ispettore, lui per tutto il tempo si è messo dalla parte della tipa. E dire che non se lo meritava, quella stronza. Guardi, le racconto come è andata perché è una storia che merita».

«Non importa, ci credo».

«No, ispettore, glielo racconto, così vede che magari ai suoi tempi non era così, ma che adesso ci sono in giro certe donne che sono capaci di tutto».

Lo guardai con odio. «Ai suoi tempi»... E io che avevo concepito l'idea che mi vedesse come un'inarrivabile preda... Bevvi un lungo sorso per reggere una storia di cui già intravedevo il bassissimo profilo.

«È stato quest'inverno, poco dopo Natale, io ero da solo in un bar a farmi un panino dopo il turno, e capita lì una. Un po' più grande di me, ma non tanto. Molto carina, bel fisico e tutto, non creda. Una tipa diretta, che si avvicina e mi fa: "Non è che ci conosciamo io e te?", la solita scusa. All'inizio mi son detto che magari era una zoccola, e invece no. Abbiamo chiacchierato, sembrava una tipa a posto, gentilissima, simpatica. Quella sera finiamo a casa mia, a letto, ovviamente. Da come si comportava era una brava tipa, lavorava da un parrucchiere. Non era di quelle che stanno in giro la notte, cameriere, bariste, storie che a me non piacciono. Per farla breve: ci son cascato come una pera. Io, che non avevo mai voluto storie serie per farmi la mia vita, divertirmi e non avere casini... ecco, non so come dire...».

«Ti sei innamorato» completai io, ormai rassegnata alle confidenze non richieste.

«Be', sì, come dice lei. Ci siamo appiccicati come la busta al francobollo. Non facevamo che scopare. E poi me la portavo in giro dappertutto, la presentavo a tutti. Non glielo avevo ancora chiesto ufficialmente, ma, pensi un po', cominciavo a farmi venire idee di matrimonio. Risultato: un paio di settimane fa, al cellulare, mi dice che è finita. Come, finita? Credevo scherzasse. E invece no. Volevo vederla, che me lo dicesse in faccia quella vigliacca. L'avrò chiamata cento volte. Sempre staccato. Vado a casa sua, dove mi aveva detto che stava, ma lì non c'era nessuna Magda Luque, magari non si chiamava neanche come mi aveva detto. Sparita dalla faccia della terra, ispettore. Mi aveva preso per il culo per tutto il tempo. Le sembro così fesso, ispettore?».

A quel punto, tra i fumi dell'alcol e della noia, rielaborai quel che mi aveva raccontato. Misi a fuoco il suo viso per la prima volta negli ultimi cinque minuti e domandai:

«Non eri mai stato a casa sua?».

«No. Diceva che aveva una compagna d'appartamento rompicoglioni che non le lasciava portare nessuno. Quando la accompagnavo a casa ci salutavamo sempre sul portone».

«E al negozio dove lavorava?».

«Lì una volta c'ero stato».

«E non sei andato a chiedere di lei?».

Abbassò gli occhi, sfuggendo il mio sguardo. Bofonchiò:

«Ci sono andato, ma mi aveva fregato anche lì. Aveva fatto solo la settimana di prova, e poi aveva mollato. Insomma, disastro su tutta la linea, ispettore. Da sclerare».

«E non hai chiesto se avevano il suo indirizzo? E il cellulare, non hai verificato a chi era intestata la scheda?».

«Per cosa? Cos'avrei ottenuto? Un'altra figura di merda? Ah, no, basta. Un po' di orgoglio ce l'ho anch'io, ispettore. Preferisco mollare il colpo prima di strisciare».

«Ma nessuno sparisce nel nulla senza un motivo».

«Avrà trovato un altro tipo, le piacerà prendere per il culo la gente, avrà scommesso che riusciva a farsi uno sbirro, sarà uscita fuori di testa, o magari voleva solo vendicarsi per qualche brutta storia... Che ne so! Non vedo perché devo scoprirlo io».

«Quindi lei sapeva che eri un poliziotto».

«E certo! L'avevo presentata a tutti! Volevo perfino farla conoscere ai miei. Meno male che stanno a Badajoz, perché se no, il macello era completo».

Finì il suo gin tonic con un deglutimento deciso e diede un colpo secco sul tavolo quando posò il bicchiere. Ci teneva a far la parte del duro che malgrado tutto è stato ingannato. Mi alzai e uscimmo. Il caldo ci investì con tutta la sua potenza, non mitigata da brezze marine né venticelli montani. Mi sentii come deve sentirsi un pezzo di cavolfiore gettato nell'acqua bollente. Avevo sonno, per giunta. Quindi appena arrivammo all'angolo mi congedai da lui con un colpetto sulla spalla, traducibile con un «dura la vita», e me la filai.

Arrivata a casa spensi l'aria condizionata e tenni le finestre chiuse. Poi, badando a evitare qualunque sforzo fisico o mentale, mi spogliai e mi gettai sul letto con l'intenzione di leggere un libro. Per un po' ci riuscii, ma poi la mia mente tornò sull'incontro di poco prima con l'agente Revilla e sui miei falliti tentativi di cavargli fuori qualcosa. No, lui non mi avrebbe mai rivelato nulla sulla vita sentimentale di Carreras. Primo, perché l'affetto e il rispetto che provava per il suo capo erano ancora maggiori di quanto avessi immaginato. Secondo, perché era troppo traumatizzato dal proprio fallimento personale con quella strana ragazza fuggiasca per pensare ad altro. Certo che a volte la vita sembra voler dimostrare l'esistenza del castigo divino. Un ragazzotto come Juanjo, che aveva disprezzato le donne al punto da non volersi legare con nessuna, finiva irretito da un'ingannatrice più spregiudicata di Don Giovanni. Bisognava rendergliene merito, alla dongiovannessa, se l'era lavorato bene. Ma era difficile pensare che lo avesse fatto per puro gusto della seduzione, come il suo modello di Siviglia. Un motivo doveva esserci se quella ragazza era sparita nel nulla. Forse Juanjo aveva piantato in asso qualche sua amica dopo averla sedotta? Era stato lo spirito di solidarietà femminile a spingerla a ordire un piano così lambiccato? E perché poi sparire dopo l'inganno? Perché dargli tutte quelle false informazioni che lo mandassero fuori pista? Forse perché, sapendo che era un poliziotto, la ragazza temeva di avere guai? Ma se era una vendetta, perché non gliel'aveva fatto sapere: «Te lo sei meritato, e che ti serva da lezione, per quello che hai fatto alla mia amica Tizia»? Forse ero io che non capivo i giovani d'oggi, non ero neppure in grado di dire se Juanjo mi avesse raccontato le cose come stavano o avesse abbellito la sua versione. Cercai di tornare al libro, ma non ci riuscii. Avevo gli occhi sbarrati, ormai il sonno se ne era andato. Spensi la luce, aprii la finestra e mi appoggiai al davanzale. Nell'aria pulsava, com'è tipico delle notti estive di Spagna, una musica lontana. In questo paese non manca mai una sagra da qualche parte, una festa patronale, una discoteca all'aperto o un party in terrazza. Il mese d'agosto sembra dare a ogni spagnolo licenza di fare esattamente quel che gli pare, pensai. Sparare musica a tutto volume fino all'alba, ubriacarsi, scappare col vicino... qualunque cosa! Come se il caldo mandasse in vacanza le leggi, i valori, i doveri, come se la vita civile venisse sospesa fino a nuovo ordine con l'approvazione implicita di tutti. All'improvviso, un bagliore di lontani fuochi artificiali illuminò una parte del cielo. Ancora tutta presa dalle mie rimostranze mentali mi accorsi che il mio piede destro seguiva il ritmo della musica. Al diavolo! Magari era un'idea sana non lavorare in agosto, non fare un bel niente, prendere il sole di giorno e il fresco la sera. Comunque, se volevo essere obiettiva dovevo riconoscere che non era stata la musica a togliermi il sonno, ma il pensiero che mi ossessionava. Mi rimbalzava in testa, come un'eco, la voce di Juanjo Revilla. Guardai l'orologio: le tre del mattino. Di sicuro stava dormendo. Eppure alla sua età non avrebbe fatto fatica a riaddormentarsi dopo una telefonata fuori orario. Io invece non sarei riuscita a chiudere occhio tutta la notte se non lo avessi chiamato, per quanto assurdo potesse sembrare.

«Juanjo? Sono Petra Delicado. Non allarmarti e scusami se ti disturbo a quest'ora, solo che...». Di colpo non trovai una sola buona ragione che potesse giustificarmi. «Devo farti una domanda su quello che mi hai raccontato quando eravamo al bar».

Dall'altra parte c'era solo silenzio.

«Juanjo, sei lì?».

Una voce arrochita e piena di sonno si decise a rispondermi:

«Certo che ci sono, ispettore. Però aspetti che mi tiri su, che non riesco a svegliarmi».

Sentii un rumore sordo. Doveva avere incespicato in qualcosa nel rimettersi in piedi. Anche se ero stata io a chiamare fuori orario, cominciai a spazientirmi.

«Juanjo?».

«Scusi, ho buttato giù la lampada dal comodino...».

«Juanjo, concentrati, per favore, perché quello che ti chiedo lo voglio sapere con certezza. Sei pronto? Qualche ora fa mi dicevi che quella ragazza di cui ti eri innamorato l'avevi presentata a tutti...».

Mi interruppe. Doveva essere ben sveglio, adesso.

«Non le ho detto che mi ero innamorato, ho detto solo che...».

Lo interruppi io:

«L'avevi presentata anche all'ispettore Carreras?».

«Sì, certo che gliel'ho presentata. Pensi, ci aveva anche invitati a cena a casa sua, poveraccio. Era sicuro che fosse la donna della mia vita, che l'avrei sposata e ci avrei fatto dei figli. Ancora una settimana fa mi diceva di non preoccuparmi, che sarebbe tornata, che dovevo solo aver pazienza e aspettare».

«Grazie. Torna pure a letto. Domani alle otto ti voglio nel mio ufficio».

Quella risposta confermava l'oggetto della mia ossessione. Misi giù, lasciai la finestra aperta e me ne tornai a letto. Presi sonno immediatamente, cullata dai vaghi suoni festosi della notte d'agosto.

Alle sette in punto stavo già chiamando Garzón. E

feci bene, perché per riassumergli le cose in modo da fargliele entrare in testa mi ci volle quasi mezz'ora. Quando riuscii a dargli un'idea della drammatica o forse ridicola storia della fidanzata perduta, venne la parte peggiore. Il mio collega cominciò a voler discutere i miei presentimenti.

«E secondo lei tutto questo avrebbe qualcosa a che fare con la nostra vita, ispettore?».

«Basta, Fermín! Lo sa benissimo che mi dà fastidio sprecare il fiato inutilmente. Venga in commissariato e vedrà».

Li trovai tutti e due ad aspettarmi come sposi impazienti. Ciascuno secondo il suo stile: Juanjo sembrava qualcuno che è stato trascinato all'altare con la forza, mentre Garzón era come un vedovo non troppo in vena di cacciarsi di nuovo nei guai. Li salutai e mi sedetti al posto di comando, dietro la scrivania. Mi sentivo bene con tutta la loro attenzione concentrata su di me. Ma appena aprii bocca sentii che mi mancava la sicurezza necessaria per fare lunghi discorsi. Preferii cominciare con una domanda diretta a Juanjo Revilla:

«Potresti precisare con esattezza quando è comparsa nella tua vita Magda Luque?».

Lui mi guardò attonito e poi guardò Garzón con aria imbarazzata. Quando i suoi occhi si posarono di nuovo sulla mia persona, vi lessi un chiaro rimprovero: «Come si permette di tirar fuori in pubblico una confidenza che le ho fatto in privato?».

«Non sentirti in difficoltà, Juanjo, il viceispettore non

è nato ieri, e la tua storia può essere importante per le indagini».

Lui si strofinò la testa irta di ciocche appuntite col gel e socchiuse un occhio, cosa che gli diede immediatamente un aspetto poco intelligente.

«Be', gliel'ho già detto, è stato otto mesi fa, più o meno dopo Natale. Me lo ricordo bene perché ho pensato che con le feste di merda che mi ero passato con i parenti, quello era come un regalo dei Re Magi. Che testa di cazzo!».

«I lamenti poetici lasciamoli per un altro momento. Adesso voglio che tu ti concentri, Juanjo, come se fossi a un esame. Riesci a ricordarti se in quel periodo, o magari un po' prima, tu e Carreras vi siete occupati di qualche caso importante? Non mi riferisco a qualcosa che abbia fatto molto scalpore, o che sia stato particolarmente difficile da risolvere, ma a un caso con conseguenze giudiziarie immediate ed esemplari».

«E cioè?».

«E cioè se ti ricordi se avete spedito qualcuno al gabbio per un bel pezzo».

Lui sbuffò, dimenò la testa, sbuffò di nuovo, e dopo una grattata al cuoio capelluto che mi parve ormai insopportabile, disse:

«Io per queste cose sono negato, ispettore. I casi me li dimentico appena abbiamo finito di lavorarci. Chi si ricorda sempre di tutto è l'ispettore. Ha una memoria peggio di un elefante. Fate prima a chiedere a lui».

Garzón, che aveva già capito quale genere di idea mi avesse spinta a convocarli lì, mi fece un cenno interrogativo con le sopracciglia e alzò le spalle: «Perché no?». Scossi la testa. No. Carreras era pur sempre il principale indiziato, non potevamo coinvolgerlo nelle indagini. Ma il mio sottoposto, come se avessi pensato ad alta voce, replicò:

«Possiamo verificare tutti i casi affidati a Carreras in archivio, ispettore, ma la avverto che per farlo dovrà chiedere il permesso al commissario, spiegargli la sua strategia, avvertire il giudice...».

Mi conosceva troppo bene, il volpone. Sapeva che alla sola menzione della burocrazia ero capace di fidarmi anche del demonio.

«E va bene, viceispettore. Faccia venire Carreras immediatamente».

Juanjo, che non aveva capito quasi niente, solo a sentire il nome del suo capo si illuminò di un sorriso di soddisfazione.

Sorriso che si dissipò un'ora più tardi, quando l'ispettore Carreras comparve in commissariato. Il poveretto era addirittura più magro. Anche se non era passato molto tempo da quando quell'incubo era cominciato, sembrava invecchiato di dieci anni. Il peggio era che aveva l'aria di un uomo che ha gettato la spugna, rassegnato a lasciare che le disgrazie gli piombino addosso senza neppure fare il gesto di fermarle con le mani.

«Salve, come va?» fu il suo laconico saluto.

«Ángel, ascoltami bene. Abbiamo riflettuto a fondo sul tuo problema e siamo giunti alla conclusione che qualcuno ha commesso il delitto allo scopo di incastrarti. Devi aiutarci a scoprire chi può essere stato».

Lui mi guardò come se venisse da regioni lontane e stentasse a capire la mia lingua. Poi tentò una risata tra il cinico e il lamentoso.

«Questo è il risultato delle vostre indagini? Ve l'avevo detto io fin dall'inizio».

«Carreras, tu sei un buon poliziotto, ma noi non siamo esattamente degli imbecilli. Stiamo cercando di arrivare a qualcosa e mi sembra di avere una buona pista».

«Per me potete anche lasciar perdere. Tanto nessuno mi restituirà mia moglie! E se vogliono incriminarmi, il carcere mi va benissimo. Senza di lei, cosa volete che me ne importi».

«Piantala! Non hai nessun diritto di farti vedere in questo stato! Sei un poliziotto, o no? E dei migliori! Vuoi che rimanga in libertà il tizio che ha ammazzato tua moglie? Dobbiamo prenderlo, dico io...».

«Te lo ripeto, questo non potrà restituirmela».

Mi alzai in piedi. Mi avvicinai e gli stirai i risvolti della giacca spiegazzata.

«Senti, Carreras, nessuno potrà restituirti tua moglie, è vero. Tua moglie è morta, e non tornerà mai più. Ma tu sei qui, nel mondo dei vivi, e noi anche. Se vuoi darti per vinto, rovinarti la vita o magari anche suicidarti, nessuno te lo impedisce. Quello che ti chiedo è che ci aiuti a trovare un assassino, nient'altro. È il tuo dovere, di poliziotto e di cittadino. Poi, sarai libero di fare quello che vorrai».

Mi accorsi, guardandoli con la coda dell'occhio, che tanto Revilla quanto Garzón seguivano le mie parole scandalizzati. Mi blindai dietro un volto impenetrabile. In quel momento Carreras si mise a piangere a testa bassa. Revilla fece un passo verso di lui, sicuramente per confortarlo. Io lo bloccai prendendolo per un braccio.

«Ma che cosa posso fare io!» disse in quel momento l'ispettore asciugandosi le lacrime.

Sostituii il tono duro con la neutralità di chi conduce un'indagine. Proprio come se stessimo lavorando da ore con la massima tranquillità.

«Voglio che tu ti guardi indietro. Che tu ripensi ai casi risolti l'anno scorso, o forse anche prima. Consultate gli archivi, Garzón e Juanjo ti daranno una mano. Secondo me bisogna cercare qualcuno che abbia avuto la sua condanna intorno a Natale, qualcuno che se la sia segnata, capisci?».

«Sì, ma quel qualcuno, come c'è entrato a casa mia? Come ha fatto a prendere la pistola e poi a rimetterla al suo posto? Io questo non lo capisco, Petra, e non vedo come fare per capirlo».

«Non ti ho chiesto di condurre tu le indagini. Solo di cercare chi può essersela presa a morte con te. Non chiedermi altro. Facciamo un passo per volta. Le soluzioni arriveranno. E adesso andate a fare il vostro lavoro. Io torno tra poco».

In realtà non avevo niente da fare, ma non sopportavo l'atmosfera che si respirava in quella stanza. Tutto quel dolore, tutta quella partecipazione, tutto quel rimestare nei sentimenti... Potevano cavarsela benissimo da soli, io avrei fatto una capatina al bar, anche se me ne sarei andata volentieri a casa. Presi un caffè, cercando di non pensare a niente. Poi tornai in commissariato e senza farmi vedere da nessuno sgattaiolai nel mio ufficio. Se ci fossero state novità, sarebbero venuti a cercarmi.

Infatti. Alla fine del pomeriggio fui convocata. Il lavoro di ricerca aveva dato i suoi frutti: solo due erano i casi compatibili con quel che andavamo cercando. Due omicidi. Entrambi i colpevoli erano stati giudicati e condannati. Carreras li ricordava bene. Nel primo caso si era trattato di omicidio colposo. Un ragazzo aveva investito una signora anziana con la motocicletta ed era scappato senza prestare soccorso. L'altro, invece, era un omicidio bello e buono. Durante una rapina in una gioielleria, il tizio aveva sparato freddamente quando il proprietario aveva allungato la mano verso il pulsante dell'allarme. La sua immagine era stata catturata dalle telecamere, dentro e fuori del negozio. Era un pregiudicato e fu preso quasi subito. Un caso facile, da manuale. Rimuginai su quei dati. E se il mio intuito avesse preso un abbaglio? Be', se il mio intuito avesse preso un abbaglio non ci avrei perso niente, mi risposi da sola. In un accesso d'individualismo autoritario insolito in me (o no?) non avevo comunicato a nessuno quali fossero di preciso i miei sospetti.

Mi fecero sedere al computer. Juanjo mise mano al mouse. Olegario Lagares, vent'anni. Condannato a tre anni di reclusione. Di professione saldatore. Non coniugato. Senza precedenti penali. Due fratelli maschi. Al momento del fatto viveva col padre, vedovo, e con uno dei fratelli. Alzai una mano col fare imperioso di una guida turistica.

«Questo, per il momento, lo scartiamo».

«E perché?» domandò Carreras.

«Troppi uomini nella sua vita, nessuna donna».

«Complimenti!» ironizzò Garzón. «Lei è come Sherlock Holmes, ispettore. Come ha saputo che era colpevole, Mister Holmes? Elementare, Watson, portava i calzini grigi! Sarà il caso che adesso ci dica cosa stiamo cercando».

«Aprimi la scheda dell'altro, Juanjo. Vediamo se questo ha i calzini grigi».

«Rafael Pino. Trentacinque anni. Coniugato. Senza figli. Senza occupazione. Già condannato per piccoli reati che non avevano comportato pene detentive».

«Abbiamo l'indirizzo?».

L'avevamo. Guardai l'ora. Troppo presto. Meglio aspettare le otto di sera, quando tutti rientrammo a casa dal lavoro. Ormai nessuno faceva domande, anche se Garzón mi lanciava occhiate recriminatorie ogni cinque minuti. Carreras cadde in uno dei suoi silenzi di completa assenza, e Juanjo non osava aprir bocca.

Alle otto e un quarto eravamo in calle Camelias, al numero 6. Le istruzioni erano chiare. Mentre io salivo da sola al terzo piano, i miei tre colleghi mi avrebbero aspettata al bar di fianco, ciascuno col cellulare pronto nel caso li avessi chiamati.

Ebbi fortuna. Al secondo squillo di campanello mi aprì una donna. Sui trent'anni, molto bella, con due occhi enormi che spalancò ancora di più nel vedermi.

«Ispettore Delicado della Policía Nacional. Lei è la moglie di Rafael Pino?».

Non mi lasciò passare. Mi guardò con durezza.

«Cosa vuole?»

«Mi faccia entrare».

Si spostò controvoglia, lasciò la porta aperta. L'ingresso non c'era, mi ritrovai in un piccolo soggiorno malmesso: un sofà con un copridivano macchiato, un tavolo e un vecchio tappeto logoro cosparso di giocattoli scompagnati.

«Mi dica come si chiama».

«Antonia Mistral».

«Ha figli?».

«No».

«E questi giochi?».

«Guardo la figlia di una mia vicina quando va a lavorare».

«Da che ora a che ora?».

«Senta, lei, ma cos'è venuta a cercare qui?».

«Risponda».

«Dipende!» gridò. «Pulisce degli uffici, non fa sempre gli stessi orari».

«Lavora di notte?».

«Sì».

«Che età ha la bambina?».

«Tre anni» sbuffò lei di malumore. «È contenta? Se ne va, adesso?».

«Non ancora. Stiamo aspettando visite, tutte e due». Feci il numero di Juanjo e gli dissi di salire. Quello fu il momento in cui temetti di non aver messo in piedi altro che uno stupido castello in aria, conducendo fino alla fine l'operazione con prepotenza e scarsissimo senso comune. Serrai la mandibola, rimasi immobile, e allentai la pressione solo quando sentii la voce di Juanjo dietro di me:

«Magda!».

Voltandomi li vidi l'uno di fronte all'altra. Il ragazzo era a bocca aperta, gli occhi fissi e come spiritati. Lei lo guardava con disprezzo, a testa alta, come a volersi mettere al di sopra di tutta la faccenda. Non si scambiarono una parola. Poi lei gli voltò le spalle. Chiamai Garzón e gli dissi di salire con Carreras. Quando arrivarono, il quadro non era cambiato.

«Si giri!» ordinai alla ragazza. Lo fece, e come vide Carreras il suo volto orgoglioso si alterò in una smorfia di collera:

«Che cosa ci fa qui questo figlio di puttana? Perché l'ha portato? Questa è casa mia. Fuori!».

«Lei è in arresto per l'uccisione di Carmen Madueño» recitai con enfasi.

In quel momento mi resi conto che avevo riunito in una stessa stanza tutti gli elementi per scatenare una scena di estrema violenza: quella donna sembrava sul punto di perdere il controllo, e Carreras... Devo riconoscere che la sua reazione mi sorprese. Guardava la falsa Magda come ammaliato, senza dare alcun segno di rabbia o di odio. Inaspettatamente, le domandò:

«Ma perché?».

Lei gridò con tutte le sue forze:

«Perché hai mandato in galera mio marito, bastardo! Lo sapevi che lui non voleva uccidere! Sai che ti dico? Sono contenta che siate qui! Adesso hai capito perché ti è successo quel che ti è successo. Tanto io, con la vita che faccio, posso benissimo finire in galera. Così almeno faccio la stessa fine di mio marito».

Juanjo e Garzón intervennero insieme. Il ragazzo immobilizzò la donna girandole un braccio dietro la schiena. Fermín si avvicinò a Carreras e gli mise una mano sulla spalla, come per consolarlo, ma pronto a neutralizzare ogni suo gesto inconsulto. Precauzione inutile: l'ispettore era paralizzato. Il suo sguardo vagava molto lontano. Ma un attimo dopo, mi chiese:

«Petra, secondo te, come ha fatto a entrare in casa mia? Aveva un doppione delle chiavi?».

Lo guardai sbalordita. Stava reagendo da poliziotto, non da uomo che ha appena scoperto l'assassina di sua moglie. Gli dissi che non lo sapevo. Gli spiegai che avevo avuto un presentimento quando Juanjo mi aveva raccontato di quell'essere angelico improvvisamente comparso nella sua vita. Ma di come avesse fatto a entrare in casa sua non avevo idea. Gli chiesi di aiutarmi a completare le indagini. Questo lo avrebbe distratto dal suo dolore.

Verificammo chi fosse la vicina che affidava la figlia alle cure della rea confessa e andammo a trovarla. La piccola aveva tre anni e mezzo, era simpatica e sveglia, e molto minuta, come avevo immaginato. La madre non volle assolutamente che la interrogassimo. Ma era la sola opportunità che avevamo. Quando la faccenda fosse passata nelle mani del giudice, la testimonianza di una bambina sarebbe stata certamente impensabile. Dovetti spiegare alla signora che probabilmente sua figlia era stata usata per commettere un omicidio, e allora lei ci permise di farle qualche domanda. Anche se ancora non parlava molto bene, il suo cervellino funzionava a meraviglia. Si ricordava benissimo di quel gioco che aveva fatto con la sua baby-sitter. Che era entrata e uscita in una casa da una porticina piccola, come un gatto, che aveva preso una pistola «per giocare» in un armadio tutto di vetro, e che poi era tornata per rimetterla a posto. Tonia le aveva anche messo dei guantini piccoli piccoli, proprio per lei, così lo aveva fatto meglio. La madre non riusciva a riaversi dallo spavento. Si rese conto che qualcosa la bambina le aveva detto. Che una sera erano andate fuori in macchina, per esempio. Che Antonia le aveva regalato dei guantini, ma poi li aveva persi. Che aveva giocato al gatto con la pistola. Lei non ci aveva badato, pensava che sua figlia avesse molta fantasia. Era talmente furibonda che si offrì lei stessa di ripetere davanti a un giudice quello che la bambina aveva raccontato.

Fu un caso risolto che salvò un collega da un'imputazione gravissima. E tutto per pura coincidenza, grazie a quella banale chiacchierata con Juanjo davanti a un gin tonic. Ma anche grazie a una mia intuizione, non vedo perché togliermi dei meriti. Un genere di intuizione che a lui, poveretto, non rendeva tanto onore.

«Quel che mi scoccia, ispettore, è che lei non mi abbia creduto capace di rimorchiarmi una ragazza così».

«Al contrario, ragazzo!» risposi. «Quel che non mi quadrava era che una ragazza così avesse potuto mollare un tipo come te. Pensa fino a che punto sono convinta del tuo fascino!».

Forse non mi credette, ma la sua frustrazione non fu nulla al confronto del dolore che assalì Carreras quando smise di far la parte del poliziotto e tornò a essere semplicemente un uomo che ha perso sua moglie. Provò un terribile senso di colpa, angoscia, desolazione infinita. L'essere scagionato non bastava a salvarlo dal vuoto in cui era caduto. Eppure io ne trassi una conclusione positiva: l'amore è ancora un sentimento potente. Per amore si può arrivare a uccidere, per amore un uomo si sente come un morto, anche se si vede liberato da un sospetto atroce. E fu in nome dell'amore che Garzón ed io decidemmo di festeggiare. Ce ne scappammo a prendere l'aperitivo in riva al mare. Eravamo così euforici che non sentivamo neppure più quell'umida e terribile oppressione d'agosto.

Indice

Questo volume è stato stampato
su carta Holmen Book Cream
della cartiera Holmen Paper AB
nel mese di luglio 2021

Stampa: Officine Grafiche soc. coop., Palermo

Legatura: LE.I.MA. s.r.l., Palermo

Promemoria

1 Alicia Giménez-Bartlett. Uomini nudi
2 Antonio Manzini. Pista nera
3 Luisa Adorno. L'ultima provincia
4 Geoffrey Holiday Hall. La fine è nota
5 Colin Dexter. L'ultima corsa per Woodstock
6 Andrea Camilleri, Gian Mauro Costa, Alicia Giménez-Bartlett, Marco Malvaldi, Antonio Manzini, Francesco Recami. Ferragosto in giallo